HÉSIODE ÉDITIONS

EDMOND ABOUT

L’Homme à l’oreille cassée

Hésiode éditions

1 rue Honoré - 93500 Pantin.
ISBN 978-2-493135-06-3
Dépôt légal : Septembre 2022

Impression Books on Demand GmbH

In de Tarpen 42
22848 Norderstedt, Allemagne

L’Homme à l’oreille cassée

I

Où l'on tue le veau gras pour fêter le retour d'un enfant économe.

Le 18 mai 1859, M. Renault, ancien professeur de physique et de chimie, actuellement propriétaire à Fontainebleau et membre du conseil municipal de cette aimable petite ville, porta lui-même à la poste la lettre suivante :

« À monsieur Léon Renault, ingénieur civil, bureau restant, Berlin, Prusse.

« Mon cher enfant,

« Les bonnes nouvelles que tu as datées de Saint-Pétersbourg nous ont causé la plus douce joie. Ta pauvre mère était souffrante depuis l'hiver ; je ne t'en avais pas parlé de peur de t'inquiéter à cette distance. Moi-même je n'étais guère vaillant ; il y avait encore une troisième personne (tu devineras son nom si tu peux) qui languissait de ne pas te voir. Mais rassure-toi, mon cher Léon : nous renaissons à qui mieux mieux depuis que la date de ton retour est à peu près fixée. Nous commençons à croire que les mines de l'Oural ne dévoreront pas celui qui nous est plus cher que tout au monde. Dieu soit loué ! Cette fortune si honorable et si rapide ne t'aura pas coûté la vie, ni même la santé, s'il est vrai que tu aies pris de l'embonpoint dans le désert, comme tu nous l'assures. Nous ne mourrons pas sans avoir embrassé notre fils ! Tant pis pour toi si tu n'as pas terminé là-bas toutes tes affaires : nous sommes trois qui avons juré que tu n'y retournerais plus. L'obéissance ne te sera pas difficile, car tu seras heureux au milieu de nous. C'est du moins l'opinion de Clémentine… j'ai oublié que je m'étais promis de ne pas la nommer ! Maître Bonnivet, notre excellent voisin, ne s'est pas contenté de placer tes capitaux sur bonne hypothèque ; il a rédigé dans ses moments perdus un petit acte fort touchant, qui n'attend plus que ta signature. Notre digne maire a commandé à ton intention une écharpe neuve qui vient d'arriver de Paris. C'est toi qui en auras l'étrenne. Ton appartement, qui sera bientôt votre appartement, est à la hauteur de ta fortune présente. Tu demeures… mais la maison a tellement changé depuis trois ans, que mes descriptions seraient lettre close pour toi. C'est M. Audret, l'architecte du château impérial, qui a dirigé les travaux. Il a voulu absolument me construire un laboratoire digne de Thénard ou de Desprez. J'ai eu beau protester et dire que je n'étais plus bon à rien, puisque mon célèbre mémoire sur la Condensation des gaz en est toujours au chapitre iv, comme ta mère était de complicité avec ce vieux scélérat d'ami, il se trouve que la Science a désormais un temple chez nous. Une vraie boutique à sorcier, suivant l'expression pittoresque de ta vieille Gothon. Rien n'y manque, pas même une machine à vapeur de quatre chevaux : qu'en ferai-je ? hélas ! Je compte bien cependant que ces dépenses ne seront pas perdues pour tout le monde. Tu ne vas pas t'endormir sur tes lauriers. Ah ! si j'avais eu ton bien lorsque j'avais ton âge ! J'aurais consacré mes jours à la science pure, au lieu d'en perdre la meilleure partie avec ces pauvres petits jeunes gens qui ne profitaient de ma classe que pour lire M. Paul de Kock ! J'aurais été ambitieux ! J'aurais voulu attacher mon nom à la découverte de quelque loi bien générale, ou tout au moins à la construction de quelque instrument bien utile. Il est trop tard aujourd'hui ; mes yeux sont fatigués et le cerveau lui-même refuse le travail. À ton tour, mon garçon ! Tu n'as pas vingt-six ans, les mines de l'Oural t'ont donné de quoi vivre à l'aise, tu n'as plus besoin de rien pour toi-même, le moment est venu de travailler pour le genre humain. C'est le plus vif désir et la plus chère espérance de ton vieux bonhomme de père qui t'aime et qui t'attend les bras ouverts.

« J. Renault.

« P. S. Par mes calculs, cette lettre doit arriver à Berlin deux ou trois jours avant toi. Tu auras déjà appris par les journaux du 7 courant la mort de l'illustre M. de Humboldt. C'est un deuil pour la science et pour l'humanité. J'ai eu l'honneur d'écrire à ce grand homme plusieurs fois en ma vie, et il a daigné me répondre une lettre que je conserve pieusement. Si tu avais l'occasion d'acheter quelque souvenir de sa personne, quelque manuscrit de sa main, quelque fragment de ses collections, tu me ferais un véritable plaisir. »

Un mois après le départ de cette lettre, le fils tant désiré rentra dans la maison paternelle. M. et Mme Renault, qui vinrent le chercher à la gare, le trouvèrent grandi, grossi et embelli de tout point. À dire vrai, ce n'était pas un garçon remarquable ; mais une bonne et sympathique figure. Léon Renault représentait un homme moyen, blond, rondelet et bien pris. Ses grands yeux bleus, sa voix douce et sa barbe soyeuse indiquaient une nature plus délicate que puissante. Un cou très-blanc, très-rond et presque féminin, tranchait singulièrement avec son visage roussi par le hâle. Ses dents étaient belles, très-mignonnes, un peu rentrantes, nullement aiguës. Lorsqu'il ôta ses gants, il découvrit deux petites mains carrées, assez fermes, assez douces, ni chaudes, ni froides, ni sèches ni humides, mais agréables au toucher et soignées dans la perfection.

Tel qu'il était, son père et sa mère ne l'auraient pas échangé contre l'Apollon du Belvédère. On l'embrassa, Dieu sait ! en l'accablant de mille questions auxquelles il oubliait de répondre. Quelques vieux amis de la maison, un médecin, un architecte, un notaire étaient accourus à la gare avec les bons parents : chacun d'eux eut son tour, chacun lui donna l'accolade, chacun lui demanda s'il se portait bien, s'il avait fait bon voyage ? Il écouta patiemment et même avec joie cette mélodie banale dont les paroles ne signifiaient pas grand'chose, mais dont la musique allait au cœur, parce qu'elle venait du cœur.

On était là depuis un bon quart d'heure, et le train avait repris sa course en sifflant, et les omnibus des divers hôtels s'étaient lancés l'un après l'autre au grand trot dans l'avenue qui conduit à la ville ; et le soleil de juin ne se lassait pas d'éclairer cet heureux groupe de braves gens. Mais Mme Renault s'écria tout à coup que le pauvre enfant devait mourir de faim, et qu'il y avait de la barbarie à retarder si longtemps l'heure de son dîner. Il eut beau protester qu'il avait déjeuné à Paris et que la faim parlait moins haut que la joie : toute la compagnie se jeta dans deux grandes calèches de louage, le fils à côté de la mère, le père en face, comme s'il ne pouvait rassasier ses yeux de la vue de ce cher fils. Une charrette venait derrière avec les malles, les grandes caisses longues et carrées et tout le bagage du voyageur. À l'entrée de la ville, les cochers firent claquer leur fouet, le charretier suivit l'exemple, et ce joyeux tapage attira les habitants sur leurs portes et anima un instant la tranquillité des rues. Mme Renault promenait ses regards à droite et à gauche, cherchant des témoins à son triomphe et saluant avec la plus cordiale amitié des gens qu'elle connaissait à peine. Plus d'une mère la salua aussi, sans presque la connaître, car il n'y a pas de mère indifférente à ces bonheurs-là, et d'ailleurs la famille de Léon était aimée de tout le monde ! Et les voisins s'abordaient en disant avec une joie exempte de jalousie :

« C'est le fils Renault, qui a travaillé trois ans dans les mines de Russie et qui vient partager sa fortune avec ses vieux parents ! »

Léon aperçut aussi quelques visages de connaissance, mais non tous ceux qu'il souhaitait de revoir. Car il se pencha un instant à l'oreille de sa mère en disant « Et Clémentine ? » Cette parole fut prononcée si bas et de si près que M. Renault lui-même ne put connaître si c'était une parole ou un baiser. La bonne dame sourit tendrement et répondit un seul mot « Patience ! » Comme si la patience était une vertu bien commune chez les amoureux !

La porte de la maison était toute grande ouverte, et la vieille Gothon sur le seuil. Elle levait les bras au ciel et pleurait comme une bête, car elle avait connu le petit Léon pas plus haut que cela ! Il y eut encore une belle embrassade sur la dernière marche du perron entre la brave servante et son jeune maître. Les amis de M. Renault firent mine de se retirer par discrétion, mais ce fut peine perdue : on leur prouva clair comme le jour que leur couvert était mis. Et quand tout le monde fut réuni dans le salon, excepté l'invisible Clémentine, les grands fauteuils à médaillon tendirent leurs bras vers le fils de M. Renault ; la vieille glace de la cheminée se réjouit de refléter son image, le gros lustre de cristal fit entendre un petit carillon, les mandarins de l'étagère se mirent à branler la tête en signe de bienvenue, comme s'ils avaient été des pénates légitimes et non des étrangers et des païens. Personne ne saurait dire pourquoi les baisers et les larmes recommencèrent alors à pleuvoir, mais il est certain que ce fut comme une deuxième arrivée.

« La soupe ! » cria Gothon.

Mme Renault prit le bras de son fils, contrairement à toutes les lois de l'étiquette, et sans même demander pardon aux respectables amis qui se trouvaient là. À peine s'excusa-t-elle de servir l'enfant avant les invités. Léon se laissa faire et bien lui en prit : il n'y avait pas un convive qui ne fût capable de lui verser le potage dans son gilet plutôt que d'y goûter avant lui.

« Mère, s'écria Léon la cuiller à la main, voici la première fois, depuis trois ans, que je mange de bonne soupe ! »

Mme Renault se sentit rougir d'aise et Gothon cassa quelque chose ; l'une et l'autre s'imaginèrent que l'enfant parlait ainsi pour flatter leur amour-propre, et pourtant il avait dit vrai. Il y a deux choses en ce monde que l'homme ne trouve pas souvent hors de chez lui : la bonne soupe est la première ; la deuxième est l'amour désintéressé.

Si j'entreprenais ici l'énumération véridique de tous les plats qui parurent sur la table, il n'y aurait pas un de mes lecteurs à qui l'eau ne vînt à la bouche. Je crois même que plus d'une lectrice délicate risquerait de prendre une indigestion. Ajoutez, s'il vous plaît, que cette liste se prolongerait jusqu'au bout du volume et qu'il ne me resterait plus une seule page pour écrire la merveilleuse histoire de Fougas. C'est pourquoi je retourne au salon, où le café est déjà servi.

Léon prit à peine la moitié de sa tasse, mais gardez-vous d'en conclure que le café fût trop chaud ou trop froid, ou trop sucré. Rien au monde ne l'eût empêché de boire jusqu'à la dernière goutte, si un coup de marteau frappé à la porte de la rue n'avait retenti jusque dans son cœur.

La minute qui suivit lui parut d'une longueur extraordinaire. Non ! jamais dans ses voyages, il n'avait rencontré une minute aussi longue que celle-là. Mais enfin Clémentine parut, précédée de la digne Mlle Virginie Sambucco, sa tante. Et les mandarins qui souriaient sur l'étagère entendirent le bruit de trois baisers.

Pourquoi trois ? Le lecteur superficiel qui prétend deviner les choses avant qu'elles soient écrites, a déjà trouvé une explication vraisemblable. « Assurément, dit-il, Léon était trop respectueux pour embrasser plus d'une fois la digne Mlle Sambucco, mais lorsqu'il se vit en présence de Clémentine, qui devait être sa femme, il doubla la dose et fit bien. » Voilà, monsieur, ce que j'appelle un jugement téméraire. Le premier baiser tomba de la bouche de Léon sur la joue de Mlle Sambucco ; le second fut appliqué par les lèvres de Mlle Sambucco sur la joue gauche de Léon ; le troisième fut un véritable accident qui plongea deux jeunes cœurs dans une consternation profonde.

Léon, qui était très-amoureux de sa future, se précipita vers elle en aveugle, incertain s'il se baiserait la joue droite ou la gauche, mais décidé à ne pas retarder plus longtemps un plaisir qu'il se promettait depuis le printemps de 1856. Clémentine ne songeait pas à se défendre, mais bien à appliquer ses belles lèvres rouges sur la joue droite de Léon, ou sur la gauche indifféremment. La précipitation des deux jeunes gens fut cause que ni les joues de Clémentine ni celles de Léon ne reçurent l'offrande qui leur était destinée. Et les mandarins de l'étagère qui comptaient bien entendre deux baisers, n'en entendirent qu'un seul. Et Léon fut interdit, Clémentine rougit jusqu'aux oreilles, et les deux fiancés reculèrent d'un pas en regardant les rosaces du tapis, qui demeurèrent éternellement gravées dans leur mémoire.

Clémentine était, aux yeux de Léon Renault, la plus jolie personne du monde. Il l'aimait depuis un peu plus de trois ans, et c'était un peu pour elle qu'il avait fait le voyage de Russie. En 1856, elle était trop jeune pour se marier et trop riche pour qu'un ingénieur à 2400 fr. pût décemment prétendre à sa main. Léon, en vrai mathématicien, s'était posé le problème suivant : « Étant donnée une jeune fille de quinze ans et demi, riche de 8000 francs de rentes et menacée de l'héritage de Mlle Sambucco, soit 200 000 fr. de capital, faire une fortune au moins égale à la sienne dans un délai qui lui permette de devenir grande fille sans lui laisser le temps de passer vieille fille. » Il avait trouvé la solution dans les mines de cuivre de l'Oural.

Durant trois longues années, il avait correspondu indirectement avec la bien-aimée de son cœur. Toutes les lettres qu'il écrivait à son père ou à sa mère passaient aux mains de Mlle Sambucco, qui ne les cachait pas à Clémentine. Quelquefois même on les lisait à voix haute, en famille, et jamais M. Renault ne fut obligé de sauter une phrase, car Léon n'écrivait rien qu'une jeune fille ne pût entendre. La tante et la nièce n'avaient pas d'autres distractions ; elles vivaient retirées dans une petite maison, au fond d'un beau jardin, et elles ne recevaient que de vieux amis. Clémentine eut donc peu de mérite à garder son cœur pour Léon. À part un grand colonel de cuirassiers qui la poursuivait quelquefois à la promenade, aucun homme ne lui avait fait la cour.

Elle était bien belle pourtant, non-seulement aux yeux de son amant, ou de la famille Renault, ou de la petite ville qu'elle habitait. La province est encline à se contenter de peu. Elle donne à bon marché les réputations de jolie femme et de grand homme, surtout lorsqu'elle n'est pas assez riche pour se montrer exigeante. C'est dans les capitales qu'on prétend n'admirer que le mérite absolu. J'ai entendu un maire de village qui disait, avec un certain orgueil : « Avouez que ma servante Catherine est bien jolie pour une commune de six cents âmes ! » Clémentine était assez jolie pour se faire admirer dans une ville de huit cent mille habitants. Figurez-vous une petite créole blonde, aux yeux noirs, au teint mat, aux dents éclatantes. Sa taille était ronde et souple comme un jonc. Quelles mains mignonnes elle avait, et quels jolis pieds andalous, cambrés, arrondis en fer à repasser ! Tous ses regards ressemblaient à des sourires, et tous ses mouvements à des caresses. Ajoutez qu'elle n'était ni sotte, ni peureuse, ni même ignorante de toutes choses, comme les petites filles élevées au couvent. Son éducation, commencée par sa mère, avait été achevée par deux ou trois vieux professeurs respectables, du choix de M. Renault, son tuteur. Elle avait l'esprit juste et le cerveau bien meublé. Mais, en vérité, je me demande pourquoi j'en parle au passé, car elle vit encore, grâce à Dieu, et aucune de ses perfections n'a péri.

II

Déballage aux flambeaux.

Vers dix heures du soir, Mlle Virginie Sambucco dit qu'il fallait penser à la retraite ; ces dames vivaient avec une régularité monastique. Léon protesta, mais Clémentine obéit : ce ne fut pas sans laisser voir une petite moue. Déjà la porte du salon était ouverte et la vieille demoiselle avait pris sa capuche dans l'antichambre, lorsque l'ingénieur, frappé subitement d'une idée, s'écria :

« Vous ne vous en irez certes pas sans m'aider à ouvrir mes malles ! C'est un service que je vous demande, ma bonne mademoiselle Sambucco ! »

La respectable fille s'arrêta ; l'habitude la poussait à partir ; l'obligeance lui conseillait de rester ; un atome de curiosité fit pencher la balance.

« Quel bonheur ! » dit Clémentine en restituant à la patère la capuche de sa tante.

Mme Renault ne savait pas encore où l'on avait mis les bagages de Léon. Gothon vint dire que tout était jeté pêle-mêle dans la boutique à sorcier, en attendant que Monsieur désignât ce qu'il fallait porter dans sa chambre. Toute la compagnie se rendit avec les lampes et les flambeaux dans une vaste salle du rez-de-chaussée où les fourneaux, les cornues, les instruments de physique, les caisses, les malles, les sacs de nuit, les cartons à chapeau et la célèbre machine à vapeur formaient un spectacle confus et charmant. La lumière se jouait dans cet intérieur comme dans certains tableaux de l'école hollandaise. Elle glissait sur les gros cylindres jaunes de la machine électrique, rebondissait sur les matras de verre mince, se heurtait à deux réflecteurs argentés et accrochait en passant un magnifique baromètre de Fortin. Les Renault et leurs amis, groupés au milieu des malles, les uns assis, les autres debout, celui-ci armé d'une lampe et celui-là d'une bougie, n'ôtaient rien au pittoresque du tableau.

Léon, armé d'un trousseau de petites clefs, ouvrait les malles l'une après l'autre. Clémentine était assise en face de lui sur une grande boîte de forme oblongue, et elle le regardait de tous ses yeux avec plus d'affection que de curiosité. On commença par mettre à part deux énormes caisses carrées qui ne renfermaient que des échantillons de minéralogie, après quoi l'on passa la revue des richesses de toute sorte que l'ingénieur avait serrées dans son linge et ses vêtements.

Une douce odeur de cuir de Russie, de thé de caravane, de tabac du Levant et d'essence de roses se répandit bientôt dans l'atelier. Léon rapportait un peu de tout, suivant l'usage des voyageurs riches qui ont laissé derrière eux une famille et beaucoup d'amis. Il exhiba tour à tour des étoffes asiatiques, des narghilés d'argent repoussé qui viennent de Perse, des boîtes de thé, des sorbets à la rose, des essences précieuses, des tissus d'or de Tarjok, des armes antiques, un service d'argenterie niellée de la fabrique de Toula, des pierreries montées à la russe, des bracelets du Caucase, des colliers d'ambre laiteux et un sac de cuir rempli de turquoises, comme on en vend à la foire de Nijni-Novgorod. Chaque objet passait de main en main, au milieu des questions, des explications et des interjections de toute sorte. Tous les amis qui se trouvaient là reçurent les présents qui leur étaient destinés. Ce fut un concert de refus polis, d'insistances amicales et de remercîments sur tous les tons. Inutile de dire que la plus grosse part échut à Clémentine ; mais elle ne se fit pas prier, car, au point où l'on en était, toutes ces belles choses entraient dans la corbeille et ne sortaient pas de la famille.

Léon rapportait à son père une robe de chambre trop belle, en étoffe brochée d'or, quelques livres anciens trouvés à Moscou, un joli tableau de Greuze, égaré par le plus grand des hasards dans une ignoble boutique du Gastinitvor, deux magnifiques échantillons de cristal de roche et une canne de M. de Humboldt :

« Tu vois, dit-il à M. Renault en lui mettant dans les mains ce jonc historique, le post-scriptum de ta dernière lettre n'est pas tombé dans l'eau. »

Le vieux professeur reçut ce présent avec une émotion visible.

Je ne m'en servirai jamais, dit-il à son fils : le Napoléon de la science l'a tenue dans sa main. Que penserait-on si un vieux sergent comme moi se permettait de la porter dans ses promenades en forêt ? Et les collections ? Tu n'as rien pu en acheter ? Se sont-elles vendues bien cher ?

— On ne les a pas vendues, répondit Léon. Tout est entré dans le musée national de Berlin. Mais dans mon empressement à te satisfaire, je me suis fait voler d'une étrange façon. Le jour même de mon arrivée, j'ai fait part de ton désir au domestique de place qui m'accompagnait. Il m'a juré qu'un petit brocanteur juif de ses amis, du nom de Ritter, cherchait à vendre une très-belle pièce anatomique, provenant de la succession. J'ai couru chez le juif, examiné la momie, car c'en était une, et payé sans marchander le prix qu'on en voulait. Mais le lendemain, un ami de M. de Humboldt, le professeur Hirtz, m'a conté l'histoire de cette guenille humaine, qui traînait en magasin depuis plus de dix ans, et qui n'a jamais appartenu à M. de Humboldt. Où diable Gothon l'a-t-elle fourrée ? Ah ! Mlle Clémentine est dessus. »

Clémentine voulut se lever, mais Léon la fit rasseoir.

« Nous avons bien le temps, dit-il, de regarder cette vieillerie, et d'ailleurs vous devinez que ce n'est pas un spectacle riant. Voici l'histoire que le père Hirtz m'a contée ; du reste il m'a promis de m'envoyer copie d'un mémoire assez curieux sur ce sujet. Ne vous en allez pas encore, ma bonne demoiselle Sambucco ! C'est un petit roman militaire et scientifique. Nous regarderons la momie lorsque je vous aurai mis au courant de ses malheurs.

— Parbleu ! s'écria M. Audret, l'architecte du château, c'est le roman de la momie que tu vas nous réciter. Trop tard, mon pauvre Léon : Théophile Gautier a pris les devants, dans le feuilleton du Moniteur, et tout le monde la connaît, ton histoire égyptienne !

— Mon histoire, dit Léon, n'est pas plus égyptienne que Manon Lescaut. Notre bon docteur Martout, ici présent, doit connaître le nom du professeur Jean Meiser de Dantzick ; il vivait au commencement de notre siècle, et je crois que ses derniers ouvrages sont de 1824 ou 1825.

— De 1823, répondit M. Martout. Meiser est un des savants qui ont fait le plus d'honneur à l'Allemagne. Au milieu des guerres épouvantables qui ensanglantaient sa patrie, il poursuivit les travaux de Leeuwenkoeck, de Baker, de Needham, de Fontana, et de Spallanzani sur les animaux reviviscents. Notre école honore en lui un des pères de la biologie moderne.

— Dieu ! Les vilains grands mots ! s'écria Mlle Sambucco. Est-il permis de retenir les gens à pareille heure pour leur faire écouter de l'allemand ! »

Clémentine essaya de la calmer.

« N'écoutez pas les grands mots, ma chère petite tante ; ménagez-vous pour le roman, puisqu'il y en a un !

— Un terrible, dit Léon. Mlle Clémentine est assise sur une victime humaine, immolée à la science par le professeur Meiser. »

Pour le coup, Clémentine se leva, et vivement, son fiancé lui offrit une chaise et s'assit lui-même à la place qu'elle venait de quitter. Les auditeurs, craignant que le roman de Léon fût en plusieurs volumes, prirent position autour de lui, qui sur une malle, qui dans un fauteuil.

III

Le crime du savant professeur Meiser.

« Mesdames, dit Léon, le professeur Meiser n'était pas un malfaiteur vulgaire, mais un homme dévoué à la science et à l'humanité. S'il tua le colonel français qui repose en ce moment sous les basques de ma redingote, c'était d'abord pour lui conserver la vie, ensuite pour éclaircir une question qui vous intéresse vous-mêmes au plus haut point.

« La durée de notre existence est infiniment trop courte. C'est un fait que nul homme ne saurait contester. Dire que dans cent ans aucune des neuf ou dix personnes qui sont réunies dans cette maison n'habitera plus à la surface de la terre ! N'est-ce pas une chose navrante ? »

Mlle Sambucco poussa un gros soupir. Léon poursuivit :

« Hélas ! mademoiselle, j'ai bien des fois soupiré comme vous, à l'idée de cette triste nécessité. Vous avez une nièce, la plus jolie et la plus adorable de toutes les nièces, et l'aspect de son charmant visage vous réjouit le cœur. Mais vous désirez quelque chose de plus ; vous ne serez satisfaite que lorsque vous aurez vu courir vos petits-neveux. Vous les verrez, j'y compte bien. Mais verrez-vous leurs enfants ? c'est douteux. Leurs petits-enfants ? C'est impossible. Pour ce qui est la dixième, vingtième, trentième génération, il n'y faut pas songer.

« On y songe pourtant, et il n'est peut-être pas un homme qui ne se soit dit au moins une fois dans sa vie : « Si je pouvais renaître dans deux cents ans ! » Celui-ci voudrait revenir sur la terre pour chercher des nouvelles de sa famille, celui-là de sa dynastie. Un philosophe est curieux de savoir si les idées qu'il a semées auront porté des fruits ; un politique si son parti aura pris le dessus ; un avare, si ses héritiers n'auront pas dissipé la fortune qu'il a faite ; un simple propriétaire, si les arbres de son jardin auront grandi. Personne n'est indifférent aux destinées futures de ce monde que nous traversons au galop dans l'espace de quelques années et pour n'y plus revenir. Que de gens ont envié le sort d'Épiménide qui s'endormit dans une caverne et s'aperçut en rouvrant les yeux que le monde avait vieilli ! Qui n'a pas rêvé pour son compte la merveilleuse aventure de la Belle au bois dormant ?

« Hé bien ! mesdames, le professeur Meiser, un des hommes les plus sérieux de notre siècle, était persuadé que la science peut endormir un être vivant et le réveiller au bout d'un nombre infini d'années, arrêter toutes les fonctions du corps, suspendre la vie, dérober un individu à l'action du temps pendant un siècle ou deux, et le ressusciter après.

— C'était donc un fou ? s'écria Mme Renault.

— Je n'en voudrais pas jurer. Mais il avait des idées à lui sur le grand ressort qui fait mouvoir les êtres vivants. Te rappelles-tu, ma bonne mère, la première impression que tu as éprouvée étant petite fille, lorsqu'on t'a fait voir l'intérieur d'une montre en mouvement ? Tu as été convaincue qu'il y avait au milieu de la boîte une petite bête très-remuante qui se démenait vingt-quatre heures par jour à faire tourner les aiguilles. Si les aiguilles ne marchaient plus, tu disais : « C'est que la petite bête est morte. » Elle n'était peut-être qu'endormie.

« On t'a expliqué depuis que la montre renfermait un ensemble d'organes bien adaptés et bien huilés qui se mouvaient spontanément dans une harmonie parfaite. Si un ressort vient à se rompre, si un rouage est cassé, si un grain de sable s'introduit entre deux pièces, la montre ne marche plus, et les enfants s'écrient avec raison : « La petite bête est morte. » Mais suppose une montre solide, bien établie, saine de tout point, et arrêtée parce que les organes ne glissent plus faute d'huile, la petite bête n'est pas morte : il ne faut qu'un peu d'huile pour la réveiller.

« Voici un chronomètre excellent, de la fabrique de Londres. Il marche quinze jours de suite sans être remonté. Je lui ai donné un tour de clef avant-hier, il a donc treize jours à vivre. Si je le jette par terre, si je casse le grand ressort, tout sera dit. J'aurai tué la petite bête. Mais suppose que, sans rien briser, je trouve moyen de soutenir ou de sécher l'huile fine qui permet aux organes de glisser les uns sur les autres, la petite bête sera-t-elle morte ? non, elle dormira. Et la preuve, c'est que je peux alors serrer ma montre dans un tiroir, la garder là vingt-cinq ans, et si j'y remets une goutte d'huile après un quart de siècle, les organes rentreront en jeu. Le temps aura passé sans vieillir la petite bête endormie. Elle aura encore treize jours à marcher depuis l'instant de son réveil.

« Tous les êtres vivants, suivant l'opinion du professeur Meiser, sont des montres ou des organismes qui se meuvent, respirent, se nourrissent et se reproduisent pourvu que leurs organes soient intacts et huilés convenablement. L'huile de la montre est représentée chez l'animal par une énorme quantité d'eau. Chez l'homme, par exemple, l'eau fournit environ les quatre cinquièmes du poids total. Étant donné un colonel du poids de cent cinquante livres, il y a trente livres de colonel et cent vingt livres ou soixante litres d'eau. C'est un fait démontré par de nombreuses expériences. Je dis un colonel comme je dirais un roi : tous les hommes sont égaux devant l'analyse.

« Le professeur Meiser était persuadé, comme tous les savants, que casser la tête d'un colonel, ou lui percer le cœur, ou séparer en deux sa colonne vertébrale, c'est tuer la petite bête, attendu que le cerveau, le cœur, la moelle épinière sont des ressorts indispensables sans lesquels la machine ne peut marcher. Mais il croyait aussi qu'en soutirant soixante litres d'eau d'une personne vivante, on endormait la petite bête sans la tuer ; qu'un colonel desséché avec précaution pouvait se conserver cent ans, puis renaître à la vie, lorsqu'on lui rendrait la goutte d'huile, ou mieux les soixante litres d'eau sans lesquels la machine humaine ne saurait entrer en mouvement.

« Cette opinion qui vous paraît inacceptable et à moi aussi, mais qui n'est pas rejetée absolument par notre ami le docteur Martout, se fondait sur une série d'observations authentiques, que le premier venu peut encore vérifier aujourd'hui.

« Il y a des animaux qui ressuscitent : rien n'est plus certain ni mieux démontré. M. Meiser, après l'abbé Spallanzani et beaucoup d'autres, ramassait dans la gouttière de son toit de petites anguilles desséchées, cassantes comme du verre, et il leur rendait la vie en les plongeant dans l'eau. La faculté de renaître n'est pas le privilége d'une seule espèce : on l'a constatée chez des animaux nombreux et divers. Les volvox, les petites anguilles ou anguillules du vinaigre, de la boue, de la colle gâtée, du blé niellé ; les rotifères, qui sont de petites écrevisses armées de carapace, munies d'un intestin complet de sexes séparés, d'un système nerveux, avec un cerveau distinct, un ou deux yeux, suivant les genres, un cristallin et un nerf optique ; les tardigrades, qui sont de petites araignées à six et huit pattes, sexes séparés, intestin complet, une bouche, deux yeux, système nerveux bien distinct, système musculaire très-développé ; tout cela meurt et ressuscite dix et quinze fois de suite, à la volonté du naturaliste. On sèche un rotifère, bonsoir ! on le mouille, bonjour ! Le tout est d'en avoir bien soin quand il est sec. Vous comprenez que si on lui cassait seulement la tête, il n'y aurait ni goutte d'eau, ni fleuve, ni océan capable de le ressusciter.

« Ce qui est merveilleux, c'est qu'un animal qui ne saurait vivre plus d'un an, comme l'anguillule de la nielle, peut rester vingt-huit ans sans mourir, si l'on a pris la précaution de le dessécher. Needham en avait recueilli un certain nombre en 1743 ; il en fit présent à Martin Folkes, qui les donna à Baker, et ces intéressants animaux ressuscitèrent dans l'eau en 1771. Ils jouirent de la satisfaction bien rare de coudoyer leur vingt-huitième génération ! Un homme qui verrait sa vingt-huitième génération ne serait-il pas un heureux grand-père ?

« Un autre fait non moins intéressant, c'est que les animaux desséchés ont la vie infiniment plus dure que les autres. Que la température vienne à baisser subitement de trente degrés dans le laboratoire où nous sommes réunis, nous prendrons tous une fluxion de poitrine. Qu'elle s'élève d'autant, gare aux congestions cérébrales ! Eh bien ! un animal desséché, qui n'est pas définitivement mort, qui ressuscitera demain si je le mouille, affronte impunément des variations de quatre-vingt-quinze degrés six dixièmes. M. Meiser et bien d'autres l'ont prouvé.

« Reste à savoir si un animal supérieur, un homme par exemple, peut être desséché sans plus d'inconvénient qu'une anguillule ou un tardigrade. M. Meiser en était convaincu ; il l'a écrit dans tous ses livres, mais il ne l'a pas démontré par l'expérience. Quel dommage, mesdames ! Tous les hommes curieux de l'avenir, ou mécontents de la vie, ou brouillés avec leurs contemporains, se mettraient eux-mêmes en réserve pour un siècle meilleur, et l'on ne verrait plus de suicides par misanthropie ! Les malades que la science ignorante du dix-neuvième siècle aurait déclarés incurables, ne se brûleraient plus la cervelle : ils se feraient dessécher et attendraient paisiblement au fond d'une boîte que le médecin eût trouvé un remède à leurs maux. Les amants rebutés ne se jetteraient plus à la rivière : ils se coucheraient sous la cloche d'une machine pneumatique ; et nous les verrions, trente ans après, jeunes, beaux et triomphants, narguer la vieillesse de leurs cruelles et leur rendre mépris pour mépris. Les gouvernements renonceraient à l'habitude malpropre et sauvage de guillotiner les hommes dangereux. On ne les enfermerait pas dans une cellule de Mazas pour achever de les abrutir ; on ne les enverrait pas à l'école de Toulon pour compléter leur éducation criminelle : on les dessécherait par fournées, celui-ci pour dix ans, celui-là pour quarante, suivant la gravité de leurs forfaits. Un simple magasin remplacerait les prisons, les maisons centrales et les bagnes. Plus d'évasions à craindre, plus de prisonniers à nourrir ! Une énorme quantité de haricots secs et de pommes de terre moisies serait rendue à la consommation du pays.

« Voilà, mesdames, un faible échantillon des bienfaits que le docteur Meiser a cru répandre sur l'Europe en inaugurant la dessiccation de l'homme. Il a fait sa grande expérience en 1813 sur un colonel français, prisonnier, m'a-t-on dit, et condamné comme espion par un conseil de guerre. Malheureusement, il n'a pas réussi ; car j'ai acheté le colonel et sa boîte au prix d'un cheval de remonte dans la plus sale boutique de Berlin. »

IV

La victime.

« Mon cher Léon, dit M. Renault, tu viens de me rappeler la distribution des prix. Nous avons écouté ta dissertation comme on écoute le discours latin du professeur de rhétorique ; il y a toujours dans l'auditoire une majorité qui n'y apprend rien et une minorité qui n'y comprend rien. Mais tout le monde écoute patiemment en faveur des émotions qui viendront à la suite. M. Martout et moi nous connaissons les travaux de Meiser et de son digne élève, M. Pouchet ; tu en as donc trop dit si tu as cru parler à notre adresse ; tu n'en as pas dit assez pour ces dames et ces messieurs qui ne connaissent rien aux discussions pendantes sur le vitalisme et l'organicisme. La vie est-elle un principe d'action qui anime les organes et les met en jeu ? N'est-elle, au contraire, que le résultat de l'organisation, le jeu des diverses propriétés de la matière organisée ? C'est un problème de la plus haute importance, qui intéresserait les femmes elles-mêmes si on le posait hardiment devant elles. Il suffirait de leur dire : « Nous cherchons s'il y a un principe vital, source et commencement de tous les actes du corps, ou si la vie n'est que le résultat du jeu régulier des organes ? Le principe vital, aux yeux de Meiser et de son disciple, n'est pas ; s'il existait réellement, disent-ils, on ne comprendrait point qu'il pût sortir d'un homme et d'un tardigrade lorsqu'on les sèche, et y rentrer lorsqu'on les mouille. Or, si le principe vital n'est pas, toutes les théories métaphysiques et morales qu'on a fondées sur son existence sont à refaire. » Ces dames t'ont patiemment écouté, c'est une justice à leur rendre ; tout ce qu'elles ont pu comprendre à ce discours un peu latin, c'est que tu leur donnais une dissertation au lieu du roman que tu leur avais promis. Mais on te pardonne en faveur de la momie que tu vas nous montrer ; ouvre la boîte du colonel !

— Nous l'avons bien gagné ! s'écria Clémentine en riant.

— Et si vous alliez avoir peur ?

— Sachez, monsieur, que je n'ai peur de personne, pas même des colonels vivants ! »

Léon reprit son trousseau de clefs et ouvrit la longue caisse de chêne sur laquelle il était assis. Le couvercle soulevé, on vit un gros coffre de plomb qui renfermait une magnifique boîte de noyer soigneusement polie au dehors doublée de soie blanche et capitonnée en dedans. Les assistants rapprochèrent les flambeaux et les bougies, et le colonel du 23e de ligne apparut comme dans une chapelle ardente.

On eût dit un homme endormi. La parfaite conservation du corps attestait les soins paternels du meurtrier. C'était vraiment une pièce remarquable, qui aurait pu soutenir la comparaison avec les plus belles momies européennes décrites par Vicq d'Azyr en 1779, et par Puymaurin fils en 1787.

La partie la mieux conservée, comme toujours, était la face. Tous les traits avaient gardé une physionomie mâle et fière. Si quelque ancien ami du colonel eût assisté à l'ouverture de la troisième boîte, il aurait reconnu l'homme au premier coup d'œil.

Sans doute le nez avait la pointe un peu plus effilée, les ailes moins bombées et plus minces, et le méplat du dos un peu moins prononcé que vers l'année 1813. Les paupières s'étaient amincies, les lèvres s'étaient pincées, les coins de la bouche étaient légèrement tirées vers le bas, les pommettes ressortaient trop en relief ; le cou s'était visiblement rétréci, ce qui exagérait la saillie du menton et du larynx. Mais les yeux, fermés sans contraction, étaient beaucoup moins caves qu'on n'aurait pu le supposer ; la bouche ne grimaçait point comme la bouche d'un cadavre ; la peau, légèrement ridée, n'avait pas changé de couleur : elle était seulement devenue un peu plus transparente et laissait deviner en quelque sorte la couleur des tendons, de la graisse et des muscles partout où elle les recouvrait d'une manière immédiate. Elle avait même pris une teinte rosée qu'on n'observe pas d'ordinaire sur les cadavres momifiés. M. le docteur Martout expliqua cette anomalie en disant que, si le colonel avait été desséché tout vif, les globules du sang ne s'étaient pas décomposés, mais simplement agglutinés dans les vaisseaux capillaires du derme et des tissus sous-jacents ; qu'ils avaient donc conservé leur couleur propre, et qu'ils la laissaient voir plus facilement qu'autrefois, grâce à la demi-transparence de la peau desséchée.

L'uniforme était devenu beaucoup trop large ; on le comprend sans peine ; mais il ne semblait pas à première vue que les membres se fussent déformés. Les mains étaient sèches et anguleuses ; mais les ongles, quoique un peu recourbés vers le bout, avaient conservé toute leur fraîcheur. Le seul changement très-notable était la dépression excessive des parois abdominales, qui semblaient refoulées au-dessous des dernières côtes ; à droite, une légère saillie laissait deviner la place du foie. Le choc du doigt sur les diverses parties du corps rendait un son analogue à celui du cuir sec. Tandis que Léon signalait tous ces détails à son auditoire et faisait les honneurs de sa momie, il déchira maladroitement l'ourlet de l'oreille droite et il lui resta dans la main un petit morceau de colonel.

Cet accident sans gravité aurait pu passer inaperçu, si Clémentine, qui suivait avec une émotion visible tous les gestes de son amant, n'avait laissé tomber sa bougie en poussant un cri d'effroi. On s'empressa autour d'elle ; Léon la soutint dans ses bras et la porta sur une chaise ; M. Renault courut chercher des sels : elle était pâle comme une morte et semblait au moment de s'évanouir.

Elle reprit bientôt ses forces et rassura tout le monde avec un sourire charmant.

« Pardonnez-moi, dit-elle, un mouvement de terreur si ridicule ; mais ce que M. Léon nous avait dit… et puis… cette figure qui paraît endormie… il m'a semblé que ce pauvre homme allait ouvrir la bouche en criant qu'on lui faisait mal. »

Léon s'empressa de refermer la boîte de noyer, tandis que M. Martout ramassait le fragment d'oreille et le mettait dans sa poche. Mais Clémentine, tout en continuant à s'excuser et à sourire, fut reprise d'un nouvel accès d'émotion et se mit à fondre en larmes. L'ingénieur se jeta à ses pieds, se répandit en excuses et en bonnes paroles, et fit tout ce qu'il put pour consoler cette douleur inexplicable. Clémentine séchait ses larmes, puis repartait de plus belle, et sanglotait à fendre l'âme, sans savoir pourquoi.

« Animal que je suis ! murmurait Léon en s'arrachant les cheveux. Le jour où je la revois après trois ans d'absence, je n'imagine rien de plus spirituel que de lui montrer des momies ? Il lança un coup de pied dans le triple coffre du colonel en disant : Je voudrais que ce maudit colonel fût au diable !

— Non ! s'écria Clémentine avec un redoublement de violence et d'éclat. Ne le maudissez pas, monsieur Léon ! Il a tant souffert ! Ah ! pauvre ! pauvre malheureux homme ! »

Mlle Sambucco était un peu honteuse. Elle excusait sa nièce et protestait que jamais, depuis sa plus tendre enfance, elle n'avait laissé voir un tel excès de sensibilité. M. et Mme Renault qui l'avaient vue grandir, le docteur Martout qui remplissait auprès d'elle la sinécure de médecin, l'architecte, le notaire, en un mot, toutes les personnes présentes étaient plongées dans une véritable stupéfaction. Clémentine n'était pas une sensitive : ce n'était pas même une pensionnaire romanesque. Sa jeunesse n'avait pas été nourrie d'Anne Ratdcliffe ; elle ne croyait pas aux revenants ; elle marchait fort tranquillement dans la maison à dix heures du soir, sans lumière. Quelques mois avant le départ de Léon, lorsque sa mère était morte, elle n'avait voulu partager avec personne le triste bonheur de veiller en priant dans la chambre mortuaire.

« Cela nous apprendra, dit la tante, à rester sur pied passé dix heures ; que dis-je ? il est minuit moins un quart. Viens, mon enfant ; tu achèveras de te remettre dans ton lit.

Clémentine se leva avec soumission, mais au moment de sortir du laboratoire elle revint sur ses pas, et, par un caprice encore plus inexplicable que sa douleur, elle voulut absolument revoir la figure du colonel. Sa tante eut beau la gronder ; malgré les observations de Mlle Sambucco et de tous les assistants, elle rouvrit la boîte de noyer, s'agenouilla devant la momie et la baisa sur le front.

« Pauvre homme ! dit-elle en se relevant ; comme il a froid ! Monsieur Léon, promettez-moi que s'il est mort, vous le ferez mettre en terre sainte !

— Comme il vous plaira, mademoiselle. Je comptais l'envoyer au musée anthropologique, avec la permission de mon père ; mais, vous savez que nous n'avons rien à vous refuser. »

On ne se sépara pas aussi gaiement à beaucoup près qu'on ne s'était abordé. M. Renault et son fils reconduisirent Mlle Sambucco et sa nièce jusqu'à leur porte et rencontrèrent ce grand colonel de cuirassiers qui honorait Clémentine de ses attentions. La jeune fille serra tendrement le bras de son fiancé et lui dit :

« Voici un homme qui ne me voit jamais sans soupirer. Et quels soupirs, grand Dieu ! Il n'en faudrait pas deux pour enfler les voiles d'un vaisseau. Avouez que la race des colonels a bien dégénéré depuis 1813 ! On n'en voit plus d'aussi distingués que notre malheureux ami ! »

Léon avoua tout ce qu'elle voulut. Mais il ne s'expliquait pas clairement pourquoi il était devenu l'ami d'une momie qu'il avait payée vingt-cinq louis. Pour détourner la conversation, il dit à Clémentine :

« Je ne vous ai pas montré tout ce que j'apportais de mieux. S. M. l'empereur de toutes les Russies m'a fait présent d'une petite étoile en or émaillé qui se porte au bout d'un ruban. Aimez-vous les rubans qu'on met à la boutonnière ?

— Oh ! oui, répondit-elle, le ruban rouge de la Légion d'honneur ! Vous avez remarqué ? Le pauvre colonel en a encore un lambeau sur son uniforme, mais la croix n'y est plus. Ces mauvais Allemands la lui auront arrachée lorsqu'ils l'ont fait prisonnier !

— C'est bien possible, » dit Léon.

Comme on était arrivé devant la maison de Mlle Sambucco, il fallut se quitter. Clémentine tendit la main à Léon, qui aurait mieux aimé la joue.

Le père et le fils retournèrent chez eux, bras dessus bras dessous, au petit pas, en se livrant à des conjectures sans fin sur les émotions bizarres de Clémentine.

Mme Renault attendait son fils pour le coucher : vieille et touchante habitude que les mères ne perdent pas aisément. Elle lui montra le bel appartement qu'on avait construit pour son futur ménage, au-dessus du salon et de l'atelier de M. Renault.

« Tu seras là dedans comme un petit coq en pâte, dit-elle en montrant une chambre à coucher merveilleuse de confort. Tous les meubles sont moelleux, arrondis, sans aucun angle : un aveugle s'y promènerait sans craindre de se blesser. Voilà comme je comprends le bien-être intérieur ; que chaque fauteuil soit un ami. Cela te coûte un peu cher ; les frères Penon sont venus de Paris tout exprès. Mais il faut qu'un homme se trouve bien chez lui, pour qu'il n'ait pas la tentation d'en sortir. »

Ce doux bavardage maternel se prolongea deux bonnes heures, et il fut longuement parlé de Clémentine, vous vous en doutez bien. Léon la trouvait plus jolie qu'il ne l'avait rêvée dans ses plus doux songes, mais moins aimante. « Diable m'emporte ! dit-il en soufflant sa bougie ; on croirait que ce maudit colonel empaillé est venu se fourrer entre nous ! »

V

Rêves d'amour et autres.

Léon apprit à ses dépens qu'il ne suffit pas d'une bonne conscience et d'un bon lit pour nous procurer un bon somme. Il était couché comme un sybarite, innocent comme un berger d'Arcadie, et, par surcroît, fatigué comme un soldat qui a doublé l'étape : cependant une lourde insomnie pesa sur lui jusqu'au matin. C'est en vain qu'il se tourna et retourna dans tous les sens, comme pour rejeter le fardeau d'une épaule sur l'autre. Il ne ferma les yeux qu'après avoir vu les premières lueurs de l'aube argenter les fentes de ses volets.

Il s'endormit en pensant à Clémentine ; un rêve complaisant ne tarda pas à lui montrer la figure de celle qu'il aimait. Il la vit en toilette de mariée, dans la chapelle du château impérial. Elle s'appuyait sur le bras de M. Renault père, qui avait mis des éperons pour la cérémonie. Léon suivait, donnant la main à Mlle Sambucco ; la vieille demoiselle était décorée de la Légion d'honneur. En approchant de l'autel, le marié s'aperçut que les jambes de son père étaient minces comme des baguettes, et, comme il allait exprimer son étonnement, M. Renault se retourna et lui dit : « Elles sont minces parce qu'elles sont sèches ; mais elles ne sont pas déformées. » Tandis qu'il donnait cette explication son visage s'altéra, ses traits changèrent, il lui poussa des moustaches noires, et il ressembla terriblement au colonel. La cérémonie commença. Le fond du chœur était rempli de tardigrades et de rotifères grands comme des hommes et vêtus comme des chantres : ils entonnèrent en faux bourdon un hymne du compositeur allemand Meiser, qui commençait ainsi :

Le principe vital
Est une hypothèse gratuite !

La poésie et la musique parurent admirables à Léon ; il s'efforçait de les graver dans sa mémoire, lorsque l'officiant s'avança vers lui avec deux anneaux d'or sur un plat d'argent. Ce prêtre était un colonel de cuirassiers en grand uniforme. Léon se demanda où et quand il l'avait rencontré : c'était la veille au soir, devant la porte de Clémentine. Le cuirassier murmura ces mots : « La race des colonels a bien dégénéré depuis 1813 ! » Il poussa un profond soupir, et la nef de la chapelle, qui était un vaisseau de ligne, fut entraînée sur les eaux avec une vitesse de quatorze nœuds. Léon prit tranquillement le petit anneau d'or et s'apprêta à le passer au doigt de Clémentine, mais il s'aperçut que la main de sa fiancée était sèche ; les ongles seuls avaient conservé leur fraîcheur naturelle. Il eut peur et s'enfuit à travers l'église, qu'il trouva pleine de colonels de tout âge et toute arme. La foule était si compacte qu'il lui fallut des efforts inouïs pour la percer. Il s'échappe enfin, mais il entend derrière lui le pas précipité d'un homme qui veut l'atteindre. Il redouble de vitesse, il se jette à quatre pattes, il galope, il hennit, les arbres de la route semblent fuir derrière lui, il ne touche plus le sol. Mais l'ennemi s'approche aussi rapide que le vent ; on entend le bruit de ses pas ; ses éperons résonnent ; il a rejoint Léon, il le saisit par la crinière et s'élance d'un bond sur sa croupe en labourant ses flancs de l'éperon. Léon se cabre ; le cavalier se penche à son oreille et lui dit en le caressant de la cravache : « Je ne suis pas lourd à porter ; trente livres de colonel ! » Le malheureux fiancé de Mlle Clémentine fait un effort violent, il se jette de côté ; le colonel tombe et tire l'épée. Léon n'hésite pas ; il se met en garde, il se bat, il sent presque aussitôt l'épée du colonel entrer dans son cœur jusqu'à la garde. Le froid de la lame s'étend, s'étend encore et finit par glacer Léon de la tête aux pieds. Le colonel s'approche et dit en souriant : « Le ressort est cassé ; la petite bête est morte. » Il dépose le corps dans la boîte de noyer, qui est trop courte et trop étroite. Serré de tous côtés, Léon lutte, se démène et s'éveille enfin, moulu de fatigue et à demi étouffé dans la ruelle du lit.

Comme il sauta vivement dans ses pantoufles ! Avec quel empressement il ouvrit les fenêtres et poussa les volets ! « Il fit la lumière et il vit que cela était bon, » comme dit l'autre. Brroum ! Il secoua les souvenirs de son rêve comme un chien mouillé secoue les gouttes d'eau. Le fameux chronomètre de Londres lui apprit qu'il était neuf heures ; une tasse de chocolat servie par Gothon ne contribua pas médiocrement à débrouiller ses idées. En procédant à sa toilette dans un cabinet bien clair, bien riant, bien commode, il se réconcilia avec la vie réelle. « Tout bien pesé, se disait-il en peignant sa barbe blonde, il ne m'est rien arrivé que d'heureux. Me voici dans ma patrie, dans ma famille et dans une jolie maison qui est à nous. Mon père et ma mère sont bien portants, moi-même je jouis de la santé la plus florissante. Notre fortune est modeste, mais nos goûts le sont aussi et nous ne manquerons jamais de rien. Nos amis m'ont reçu hier à bras ouverts ; nous n'avons pas d'ennemis. La plus jolie personne de Fontainebleau consent à devenir ma femme ; je peux l'épouser avant trois semaines, s'il me plaît de hâter un peu les événements. Clémentine ne m'a pas abordé comme un indifférent ; il s'en faut. Ses beaux yeux me souriaient hier soir avec la grâce la plus tendre. Il est vrai qu'elle a pleuré à la fin, c'est trop sûr. Voilà mon seul chagrin, ma seule préoccupation, la cause unique du sot rêve que j'ai fait cette nuit. Elle a pleuré, mais pourquoi ? Parce que j'avais été assez bête pour la régaler d'une dissertation et d'une momie. Eh bien ! je ferai enterrer la momie, je rengainerai mes dissertations, et rien au monde ne viendra plus troubler notre bonheur ! »

Il descendit au rez-de-chausée en fredonnant un air des Nozze. M. et Mme Renault, qui n'avaient pas l'habitude de se coucher après minuit, dormaient encore. En entrant dans le laboratoire, il vit que la triple caisse du colonel était refermée. Gothon avait posé sur le couvercle une petite croix de bois noir et une branche de buis béni. « Faites donc des collections ! » murmura-t-il entre ses dents, avec un sourire tant soit peu sceptique. Au même instant, il s'aperçut que Clémentine, dans son trouble, avait oublié les présents qu'il avait apportés pour elle. Il en fit un paquet, regarda sa montre et jugea qu'il n'y aurait pas d'indiscrétion à pousser une pointe jusqu'à la maison de Mlle Sambucco.

En effet, la respectable tante, matinale comme on l'est en province, était déjà sortie pour aller à l'église, et Clémentine jardinait auprès de la maison. Elle courut au-devant de son fiancé, sans penser à jeter le petit râteau qu'elle tenait à la main ; elle lui tendit avec le plus joli sourire du monde ses belles joues roses, un peu moites, animées par la douce chaleur du plaisir et du travail.

« Vous ne m'en voulez pas ? lui dit-elle. J'ai été bien ridicule hier soir ; aussi ma tante m'a grondée ! Et j'ai oublié de prendre les belles choses que vous m'aviez rapportées de chez les sauvages ! Ce n'est pas par mépris au moins. Je suis si heureuse de voir que vous avez toujours pensé à moi comme je pensais à vous ! J'aurais pu les envoyer chercher aujourd'hui, mais je m'en suis bien gardée. Mon cœur me disait que vous viendriez vous-même.

— Votre cœur me connaît, ma chère Clémentine.

— Ce serait assez malheureux, si l'on ne connaissait pas son propriétaire.

— Que vous êtes bonne, et que je vous aime !

— Oh ! moi aussi, mon cher Léon, je vous aime bien ! »

Elle appuya le râteau contre un arbre et se pendit au bras de son futur mari avec cette grâce souple et langoureuse dont les créoles ont le secret.

« Venez par là, dit-elle, que je vous montre tous les embellissements que nous avons faits dans le jardin. »

Léon admira tout ce qu'elle voulut. Le fait est qu'il n'avait d'yeux que pour elle. La grotte de Polyphème et l'antre de Cacus lui auraient semblé plus riants que les jardins d'Armide si le petit peignoir rose de Clémentine s'était promené par là.

Il lui demanda si elle n'aurait point de regret à quitter une retraite si charmante et qu'elle avait embellie avec tant de soins.

« Pourquoi ? répondit-elle sans rougir. Nous n'irions pas bien loin, et, d'ailleurs, ne viendrons-nous pas ici tous les jours ? »

Ce prochain mariage était une chose si bien décidée qu'on n'en avait pas même parlé la veille. Il ne restait plus qu'à publier les bans et à fixer la date. Clémentine, cœur simple et droit, s'exprimait sans embarras et sans fausse pudeur sur un événement si prévu, si naturel et si agréable. Elle avait donné son avis à Mme Renault sur la distribution du nouvel appartement, et choisi les tentures elle-même ; elle ne fit pas plus de façons pour causer avec son mari de cette bonne vie en commun, qui allait commencer pour eux, des témoins qu'on inviterait au mariage, des visites de noce qu'on ferait ensuite, du jour qui serait consacré aux réceptions, du temps qu'on réserverait pour l'intimité et pour le travail. Elle s'enquit des occupations que Léon voulait se créer et des heures qu'il donnait de préférence à l'étude. Cette excellente petite femme aurait été honteuse de porter le nom d'un oisif, et malheureuse de passer ses jours auprès d'un désœuvré. Elle promettait d'avance à Léon de respecter son travail comme une chose sainte. De son côté, elle comptait bien aussi mettre le temps à profit et ne pas vivre les bras croisés. Dès le début, elle prendrait soin du ménage, sous la direction de Mme Renault qui commençait à trouver la maison un peu lourde. Et puis, n'aurait-elle pas bientôt des enfants à nourrir, à élever, à instruire ? C'était un noble et utile plaisir qu'elle ne voudrait pas partager avec personne. Elle enverrait pourtant ses fils au collége pour les former à la vie en commun et leur apprendre de bonne heure les principes de justice et d'égalité qui sont le fond de tout homme de bien. Léon la laissait dire ou l'interrompait pour lui donner raison, car ces deux jeunes gens, élevés l'un pour l'autre et nourris des mêmes idées, voyaient tout avec les mêmes yeux. L'éducation, avant l'amour, avait créé cette douce harmonie.

« Savez-vous, dit Clémentine, que j'ai senti hier une palpitation terrible au moment d'entrer chez vous ?

— Si vous croyez que mon cœur battait moins fort que le vôtre !…

— Oh ! mais moi, c'est autre chose : j'avais peur.

— Et de quoi ?

— J'avais peur de ne pas vous retrouver tel que je vous voyais dans ma pensée. Songez donc qu'il y avait plus de trois ans que nous nous étions dit adieu ! Je me souvenais fort bien de ce que vous étiez au départ, et l'imagination aidant un peu à la mémoire, je reconstruisais mon Léon tout entier. Mais si vous n'aviez plus été ressemblant ! Que serais-je devenue en présence d'un nouveau Léon, moi qui avais pris la douce habitude d'aimer l'autre ?

— Vous me faites frémir. Mais votre premier abord m'a rassuré d'avance.

— Chut ! monsieur. Ne parlons pas de ce premier abord. Vous me forceriez à rougir une seconde fois. Parlons plutôt du pauvre colonel qui m'a fait répandre tant de larmes. Comment va-t-il ce matin ?

— J'ai oublié de lui demander de ses nouvelles, mais si vous en désirez…

— C'est inutile. Vous pouvez lui annoncer ma visite pour aujourd'hui. Il faut absolument que je le revoie au grand jour.

— Vous seriez bien aimable de renoncer à cette fantaisie. Pourquoi vous exposer encore à des émotions pénibles ?

C'est plus fort que moi. Sérieusement, mon cher Léon, ce vieillard m'attire.

— Pourquoi vieillard ? Il a l'air d'un homme qui est mort entre vingt-cinq et trente ans.

— Êtes-vous bien sûr qu'il soit mort ? J'ai dit vieillard, à cause d'un rêve que j'ai fait cette nuit.

— Ah ! vous aussi ?

— Oui. Vous vous rappelez comme j'étais agitée en vous quittant. Et puis, j'avais été grondée par ma tante. Et puis, je me rappelais des spectacles terribles, ma pauvre mère couchée sur son lit de mort… Enfin, j'avais l'esprit frappé.

— Pauvre cher petit cœur !

— Cependant, comme je ne voulais plus penser à rien, je me couchai bien vite et je fermai les yeux de toutes mes forces, si bien que je m'endormis. Je ne tardai pas à revoir le colonel. Il était couché comme je l'avais vu, dans son triple cercueil, mais il avait de longs cheveux blancs et la figure la plus douce et la plus vénérable. Il nous priait de le mettre en terre sainte, et nous le portions, vous et moi, au cimetière de Fontainebleau. Arrivés devant la tombe de ma mère, nous vîmes que le marbre était déplacé. Ma mère, en robe blanche, au fond du caveau, s'était rangée pour faire une place à côté d'elle et elle semblait attendre le colonel. Mais toutes les fois que nous essayions de le descendre, son cercueil nous échappait des mains et restait suspendu dans l'air, comme s'il n'eût rien pesé. Je distinguais les traits du pauvre vieillard, car sa triple caisse était devenue aussi transparente que la lampe d'albâtre qui brûle au plafond de ma chambre. Il était triste, et son oreille brisée saignait abondamment. Tout à coup il s'échappa de nos mains, le cercueil s'évanouit, je ne vis plus que lui, pâle comme une statue et grand comme les plus hauts chênes du bas Bréau. Ses épaulettes d'or s'allongèrent et devinrent des ailes, et il s'éleva dans le ciel en nous bénissant des deux mains. Je m'éveillai, tout en larmes, mais je n'ai pas conté ce rêve à ma tante, elle m'aurait encore grondée.

— Il ne faut gronder que moi, ma chère Clémentine. C'est ma faute si votre doux sommeil est troublé par des visions de l'autre monde. Mais tout cela finira bientôt : dès aujourd'hui je vais m'enquérir d'un logement définitif à l'usage du colonel. »

VI

Un caprice de jeune fille.

Clémentine avait le cœur très-neuf. Avant de connaître Léon, elle n'avait aimé qu'une seule personne : sa mère. Ni cousins, ni cousines, ni oncles, ni tantes, ni grands-pères, ni grand'mères n'avaient éparpillé, en le partageant, ce petit trésor d'affection que les enfants bien nés apportent au monde. Sa grand'mère, Clémentine Pichon, mariée à Nancy en janvier 1814, était morte trois mois plus tard dans la banlieue de Toulon, à la suite de ses premières couches. Son grand-père, M. Langevin, sous-intendant militaire de première classe, resté veuf avec une fille au berceau, s'était consacré à l'éducation de cette enfant. Il l'avait donnée en 1835 à un homme estimable et charmant, M. Sambucco, Italien d'origine, né en France et procureur du roi près le tribunal de Marseille. En 1838, M. Sambucco, qui avait un peu d'indépendance parce qu'il avait un peu d'aisance, encourut très-honorablement la disgrâce du garde des sceaux. Il fut nommé avocat général à la Martinique, et après quelques jours d'hésitation, il accepta ce déplacement au long cours. Mais le vieux Langevin ne se consola pas si facilement du départ de sa fille : il mourut deux ans plus tard, sans avoir embrassé la petite Clémentine, à qui il devait servir de parrain. M. Sambucco, son gendre, périt en 1843, dans un tremblement de terre ; les journaux de la colonie et de la métropole ont raconté alors comment il avait été victime de son dévouement. À la suite de cet affreux malheur, la jeune veuve se hâta de repasser les mers avec sa fille. Elle s'établit à Fontainebleau, pour que l'enfant vécût en bon air : Fontainebleau est une des villes les plus saines de la France. Si Mme Sambucco avait été aussi bon administrateur qu'elle était bonne mère, elle eût laissé à Clémentine une fortune respectable, mais elle géra mal ses affaires et se mit dans de grands embarras. Un notaire du pays lui emporta une somme assez ronde ; deux fermes qu'elle avait payées cher ne rendaient presque rien. Bref, elle ne savait plus où elle en était et elle commençait à perdre la tête, lorsqu'une sœur de son mari, vieille fille dévote et pincée, témoigna le désir de vivre avec elle et de mettre tout en commun. L'arrivée de cette haridelle aux dents longues effraya singulièrement la petite Clémentine, qui se cachait sous tous les meubles ou se cramponnait aux jupons de sa mère ; mais ce fut le salut de la maison. Mlle Sambucco n'était pas des plus spirituelles ni des plus fondantes, mais c'était l'ordre incarné. Elle réduisit les dépenses, toucha elle-même les revenus, vendit les deux fermes en 1847, acheta du trois pour cent en 1848, et établit un équilibre stable dans le budget. Grâce aux talents et à l'activité de cet intendant femelle, la douce et imprévoyante veuve n'eut plus qu'à choyer son enfant. Clémentine apprit à honorer les vertus de sa tante, mais elle adora sa mère. Lorsqu'elle eut le malheur de la perdre, elle se vit seule au monde, appuyée sur Mlle Sambucco, comme une jeune plante sur un tuteur de bois sec. Ce fut alors que son amitié pour Léon se colora d'une vague lueur d'amour ; le fils de M. Renault profita du besoin d'expansion qui remplissait cette jeune âme.

Durant les trois longues années que Léon passa loin d'elle, Clémentine sentit à peine qu'elle était seule. Elle aimait, elle se savait aimée, elle avait foi dans l'avenir ; elle vivait de tendresse intérieure et de discrète espérance, et ce cœur noble et délicat ne demandait rien de plus.

Mais ce qui étonna bien son fiancé, sa tante et elle-même, ce qui déroute singulièrement toutes les théories les plus accréditées sur le cœur féminin, ce que la raison se refuserait à croire si les faits n'étaient pas là, c'est que le jour où elle avait revu le mari de son choix, une heure après s'être jetée dans les bras de Léon avec une grâce si étourdie, Clémentine se sentit brusquement envahie par un sentiment nouveau qui n'était ni l'amour, ni l'amitié, ni la crainte, mais qui dominait tout cela et parlait en maître dans son cœur.

Depuis l'instant où Léon lui avait montré la figure du colonel, elle s'était éprise d'une vraie passion pour cette momie anonyme. Ce n'était rien de semblable à ce qu'elle éprouvait pour le fils de M. Renault, mais c'était un mélange d'intérêt, de compassion et de respectueuse sympathie.

Si on lui avait conté quelque beau fait d'armes, une histoire romanesque dont le colonel eût été le héros, cette impression se fût légitimée ou du moins expliquée. Mais non ; elle ne savait rien de lui, sinon qu'il avait été condamné comme espion par un conseil de guerre, et pourtant c'est de lui qu'elle rêva, la nuit même qui suivit le retour de Léon.

Cette incroyable préoccupation se manifesta d'abord sous une forme religieuse. Elle fit dire une messe pour le repos de l'âme du colonel ; elle pressa Léon de préparer ses funérailles, elle choisit elle-même le terrain où il devait être enseveli. Ces soins divers ne lui firent jamais oublier sa visite quotidienne à la boîte de noyer, ni la génuflexion respectueuse auprès du mort, ni le baiser fraternel ou filial qu'elle déposait régulièrement sur son front. La famille Renault finit par s'inquiéter de symptômes si bizarres ; elle hâta l'enterrement du bel inconnu, pour s'en débarrasser au plus tôt. Mais la veille du jour fixé pour la cérémonie, Clémentine changea d'avis. « De quel droit allait-on emprisonner dans la tombe un homme qui n'était peut-être pas mort ? Les théories du savant docteur Meiser n'étaient pas de celles qu'on peut rejeter sans examen. La chose valait au moins quelques jours de réflexion. N'était-il pas possible de soumettre le corps du colonel à quelques expériences ? Le professeur Hirtz, de Berlin, avait promis d'envoyer à Léon des documents précieux sur la vie et la mort de ce malheureux officier ; on ne pouvait rien entreprendre avant de les avoir reçus ; on devait écrire à Berlin pour hâter l'envoi de ces pièces. » Léon soupira, mais il obéit docilement à ce nouveau caprice. Il écrivit à M. Hirtz.

Clémentine trouva un allié dans cette seconde campagne : c'était M. le docteur Martout. Médecin assez médiocre dans la pratique et beaucoup trop dédaigneux de la clientèle, M. Martout ne manquait pas d'instruction. Il étudiait depuis longtemps cinq ou six grandes questions de physiologie, comme les réviviscences, les générations spontanées et tout ce qui s'ensuit. Une correspondance régulière le tenait au courant de toutes les découvertes modernes ; il était l'ami de M. Pouchet, de Rouen ; il connaissait le célèbre Karl Nibor qui a porté si haut et si loin l'usage du microscope. M. Martout avait desséché et ressuscité des milliers d'anguillules, de rotifères et de tardigrades ; il pensait que la vie n'est autre chose que l'organisation en action, et que l'idée de faire revivre un homme desséché n'a rien d'absurde en elle-même. Il se livra à de longues méditations, lorsque M. Hirtz envoya de Berlin la pièce suivante, dont l'original est classé dans les manuscrits de la collection Humboldt.

VII

Testament du professeur Meiser en faveur du colonel desséché.

Aujourd'hui 20 janvier 1824, épuisé par une cruelle maladie et sentant approcher le jour où ma personne s'absorbera dans le grand tout ;

J'ai écrit de ma main ce testament, qui est l'acte de ma dernière volonté.

J'institue en qualité d'exécuteur testamentaire, mon neveu, Nicolas Meiser, riche brasseur en cette ville de Dantzig.

Je lègue mes livres, papiers et collections généralement quelconques, sauf la pièce 3712, à mon très-estimable et très-savant ami, M. de Humboldt.

Je lègue la totalité de mes autres biens, meubles et immeubles, évalués à 100 000 thalers de Prusse ou 375 000 francs, à M. le colonel Pierre-Victor Fougas, actuellement desséché, mais vivant, et inscrit dans mon catalogue sous le n°3712 (Zoologie).

Puisse-t-il agréer ce faible dédommagement des épreuves qu'il a subies dans mon cabinet, et du service qu'il a rendu à la science.

Afin que mon neveu Nicolas Meiser se rende un compte exact des devoirs que je lui laisse à remplir, j'ai résolu de consigner ici l'histoire détaillée de la dessiccation de M. le colonel Fougas, mon légataire universel.

C'est le 11 novembre de la malheureuse année 1813 que mes relations avec ce brave jeune homme ont commencé. J'avais quitté depuis longtemps la ville de Dantzig, où le bruit du canon et le danger des bombes rendaient tout travail impossible, et je m'étais retiré avec mes instruments et mes livres sous la protection des armées alliées, dans le village fortifié de Liebenfeld. Les garnisons françaises de Dantzig, de Stettin, de Custrin, de Glogau, de Hambourg et de plusieurs autres villes allemandes ne pouvaient communiquer entre elles ni avec leur patrie ; cependant le général Rapp se défendait obstinément contre la flotte anglaise et l'armée russe. M. le colonel Fougas fut pris par un détachement du corps Barclay de Tolly, comme il cherchait à passer la Vistule sur la glace, en se dirigeant vers Dantzig. On l'amena prisonnier à Liebenfeld le 11 novembre, à l'heure de mon souper, et le bas officier Garok, qui commandait le village, me fit requérir de force pour assister à l'interrogatoire et servir d'interprète.

La figure ouverte, la voix mâle, la résolution fière et la belle attitude de cette infortuné me gagnèrent le cœur. Il avait fait le sacrifice de sa vie. Son seul regret, disait-il, était d'échouer au port, après avoir traversé quatre armées, et de ne pouvoir exécuter les ordres de l'empereur. Il paraissait animé de ce fanatisme français qui a fait tant de mal à notre chère Allemagne, et pourtant je ne sus pas m'empêcher de le défendre, et je traduisis ses paroles moins en interprète qu'en avocat. Malheureusement on avait trouvé sur lui une lettre de Napoléon au général Rapp, dont j'ai conservé copie :

« Abandonnez Dantzig, forcez le blocus, réunissez-vous aux garnisons de Stettin, de Custrin et de Glogau, marchez sur l'Elbe, entendez-vous avec Saint-Cyr et Davoust pour concentrer les forces éparses à Dresde, Torgau, Wittemberg, Magdebourg et Hambourg ; faites la boule de neige ; traversez la Westphalie qui est libre et venez défendre la ligne du Rhin avec une armée de 170 000 Français que vous sauvez !

« Napoléon. »

Cette lettre fut envoyée à l'état-major de l'armée russe, tandis qu'une demi-douzaine de militaires illettrés, ivres de joie et de brandevin, condamnaient le bravé colonel du 23e de ligne à la mort des espions et des traîtres. L'exécution fut fixée au lendemain 12, et M. Pierre-Victor Fougas, après m'avoir remercié et embrassé avec la sensibilité la plus touchante (il est époux et père), se vit enfermer dans la petite tour crénelée de Liebenfeld, où le vent soufflait terriblement par toutes les meurtrières.

La nuit du 11 au 12 novembre fut une des plus rigoureuses de ce terrible hiver. Mon thermomètre à minima, suspendu hors de ma fenêtre à l'exposition sud-est, indiquait 19 degrés centigrades au-dessous de zéro. Je sortis au petit jour pour dire un dernier adieu à M. le colonel, et je rencontrai le bas officier Garok qui me dit en mauvais allemand :

« Nous n'aurons pas besoin de tuer le frantzouski, il est gelé. »

Je courus à la prison. M. le colonel était couché sur le dos, et roide. Mais je reconnus après quelques minutes d'examen que la roideur de ce corps n'était pas celle de la mort. Les articulations, sans avoir leur souplesse ordinaire, se laissaient fléchir et ramener à l'extension sans un effort trop violent. Les membres, la face, la poitrine donnaient à ma main une sensation de froid, mais bien différente de celle que j'avais souvent perçue au contact des cadavres.

Sachant qu'il avait passé plusieurs nuits sans dormir et supporté des fatigues extraordinaires, je ne doutais point qu'il ne se fût laissé prendre de ce sommeil profond et léthargique qu'entraîne un froid intense, et qui, trop prolongé, ralentit la respiration et la circulation au point que les moyens les plus délicats de l'observation médicale sont nécessaires pour constater la persistance de la vie. Le pouls était insensible, ou tout au moins mes doigts engourdis par le froid ne le sentaient pas. La dureté de mon ouïe (j'étais alors dans ma soixante-neuvième année) m'empêcha de constater par l'auscultation si les bruits du cœur révélaient encore ces battements faibles, mais prolongés, que l'oreille peut encore entendre lorsque la main ne les perçoit déjà plus.

M. le colonel se trouvait à cette période de l'engourdissement causé par le froid, où pour réveiller un homme sans le faire mourir, des soins nombreux et délicats deviennent nécessaires. Quelques heures encore, et la congélation allait survenir, et avec elle l'impossibilité du retour à la vie.

J'étais dans la plus grande perplexité. D'un côté, je le sentais mourir par congélation entre mes mains ; de l'autre, je ne pouvais pas à moi seul l'entourer de tous les soins indispensables. Si je lui appliquais des excitants sans lui faire frictionner à la fois le tronc et les membres par trois ou quatre aides vigoureux, je ne le réveillais que pour le voir mourir. J'avais encore sous les yeux le spectacle de cette belle jeune fille asphyxiée dans un incendie, que je parvins à ranimer en lui promenant des charbons ardents sous les clavicules, mais qui ne put qu'appeler sa mère et mourut presque aussitôt malgré l'emploi des excitants à l'intérieur et de l'électricité pour déterminer les contractions du diaphragme et du cœur.

Et quand même je serais parvenu à lui rendre la force et la santé, n'était-il pas condamné par le conseil de guerre ? L'humanité ne me défendait-elle pas de l'arracher à ce repos voisin de la mort pour le livrer aux horreurs du supplice ?

Je dois avouer aussi qu'en présence de cet organisme où la vie était suspendue, mes idées sur la résurrection prirent sur moi comme un nouvel empire. J'avais si souvent desséché et fait revivre des êtres assez élevés dans la série animale, que je ne doutais pas du succès de l'opération, même sur un homme. À moi seul, je ne pouvais ranimer et sauver M. le colonel ; mais j'avais dans mon laboratoire tous les instruments nécessaires pour le dessécher sans aide.

En résumé, trois partis s'offraient à moi : 1o laisser M. le colonel dans la tour crénelée, où il aurait péri le jour même par congélation ; 2o le ranimer par des excitants, au risque de le tuer, et pourquoi ? pour le livrer, en cas de succès, à un supplice inévitable ; 3o le dessécher dans mon laboratoire avec la quasi certitude de le ressusciter après la paix. Tous les amis de l'humanité comprendront sans doute que je ne pouvais pas hésiter longtemps.

Je fis appeler le bas officier Garok, et je le priai de me vendre le corps du colonel. Ce n'était pas la première fois que j'achetais un cadavre pour le disséquer, et ma demande n'excita aucun soupçon. Marché conclu, je donnai quatre bouteilles de Kirschen-Wasser, et bientôt deux soldats russes m'apportèrent sur un brancard M. le colonel Fougas.

Dès que je fus seul avec lui, je lui piquai le doigt : la pression fit sortir une goutte de sang. La placer sous un microscope, entre deux lamelles de verre, fut pour moi l'affaire d'une minute. Ô bonheur ! la fibrine n'était pas coagulée ! Les globules rouges se montraient nettement circulaires, aplatis, biconcaves, sans crénelures, ni dentelures, ni gonflement sphéroïdal. Les globules blancs se déformaient et reprenaient alternativement la forme sphérique, pour se déformer encore lentement par de délicates expansions. Je ne m'étais donc pas trompé, c'était bien un homme engourdi que j'avais sous les yeux et non un cadavre !

Je le portai sur une balance. Il pesait cent quarante livres, ses vêtements compris. Je n'eus garde de le déshabiller, car j'avais reconnu que les animaux desséchés directement au contact de l'air mouraient plus souvent que ceux qui étaient restés couverts de mousse et d'autres objets mous pendant l'épreuve de la dessiccation.

Ma grande machine pneumatique, son immense plateau, son énorme cloche ovale en fer battu qu'une crémaillère glissant sur une poulie attachée solidement au plafond élevait et abaissait sans peine grâce à son treuil, tous ces mille et un mécanismes que j'avais si laborieusement préparés nonobstant les railleries de mes envieux, et que je me désolais de voir inutiles, allaient donc trouver leur emploi. Des circonstances inattendues venaient enfin de me procurer un sujet d'expériences tel que j'avais vainement essayé d'en obtenir en cherchant à engourdir des chiens, des lapins, des moutons et d'autres mammifères à l'aide de mélanges réfrigérants. Depuis longtemps, sans doute, ces résultats auraient été obtenus si j'avais été aidé de ceux qui m'entouraient, au lieu d'être l'objet de leurs railleries ; si nos ministres m'avaient appuyé de leur autorité au lieu de me traiter comme un esprit subversif.

Je m'enfermai en tête-à-tête avec le colonel, et je défendis même à la vieille Gretchen, ma gouvernante, aujourd'hui défunte, de me troubler dans mon travail. J'avais remplacé le pénible levier des anciennes machines pneumatiques par une roue munie d'un excentrique qui transformait le mouvement circulaire de l'axe en mouvement rectiligne appliqué aux pistons : la roue, l'excentrique, la bielle, le genou de l'appareil fonctionnaient admirablement et me permettaient de tout faire par moi-même. Le froid ne gênait pas le jeu de la machine et les huiles n'étaient pas figées : je les avais purifiées moi-même par un procédé nouveau fondé sur les découvertes alors récentes du savant français M. Chevreul.

Après avoir étendu le corps sur le plateau de la machine pneumatique, abaissé la cloche et luté les bords, j'entrepris de le soumettre graduellement à l'action du vide sec et à froid. Des capsules remplies de chlorure de calcium étaient placées autour de M. le colonel pour absorber l'eau qui allait s'évaporer de son corps, et hâter la dessiccation.

Certes, je me trouvais dans la meilleure situation possible pour amener le corps humain à un état de dessèchement graduel sans cessation brusque des fonctions, sans désorganisation des tissus ou des humeurs. Rarement mes expériences sur les rotifères et les tardigrades avaient été entourées de pareilles chances de succès, et elles avaient toujours réussi. Mais la nature particulière du sujet et les scrupules spéciaux qu'il imposait à ma conscience, m'obligeaient de remplir un certain nombre de conditions nouvelles, que j'avais d'ailleurs prévues depuis longtemps. J'avais eu soin de ménager une ouverture aux deux bouts de ma cloche ovale et d'y sceller une épaisse glace, qui me permettait de suivre de l'œil les effets du vide sur M. le colonel. Je m'étais bien gardé de fermer les fenêtres de mon laboratoire, de peur qu'une température trop élevée ne fît cesser la léthargie du sujet ou ne déterminât quelque altération des humeurs. Si le dégel était survenu, c'en était fait de mon expérience. Mais le thermomètre se maintint durant plusieurs jours entre 6 et 8 degrés au-dessous de zéro, et je fus assez heureux pour voir le sommeil léthargique se prolonger, sans avoir à craindre la congélation des tissus.

Je commençai par pratiquer le vide avec une extrême lenteur, de crainte que les gaz dissous dans le sang, devenus libres par la différence de leur tension avec celle de l'air raréfié, ne vinssent à se dégager dans les vaisseaux et à déterminer la mort immédiate. Je surveillais en outre à chaque instant les effets du vide sur les gaz de l'intestin, car en se dilatant intérieurement à mesure que la pression de l'air diminuait autour du corps, ils auraient pu amener des désordres graves. La longue conservation des tissus n'en eût pas été affectée, mais il suffisait d'une lésion intérieure pour déterminer la mort après quelques heures de réviviscence. C'est ce qu'on observe assez souvent chez les animaux desséchés sans précaution.

À plusieurs reprises, un gonflement trop rapide de l'abdomen vint me mettre en garde contre le danger que je redoutais et je fus obligé de laisser rentrer un peu d'air sous la cloche. Enfin la cessation de tous les phénomènes de cet ordre me prouva que les gaz avaient disparu par exosmose ou avaient été expulsés par la contraction spontanée des viscères. Ce ne fut qu'à la fin du premier jour que je pus renoncer à ces précautions minutieuses et porter le vide un peu plus loin.

Le lendemain 13, je poussai le vide à ce point que le baromètre descendit à cinq millimètres. Comme il n'était survenu aucun changement dans la position du corps ni des membres, j'étais sûr que nulle convulsion ne s'était produite. M. le colonel arrivait à se dessécher, à devenir immobile, à cesser de pouvoir exécuter les actes de la vie sans que la mort fût survenue ni que la possibilité du retour de l'action eût cessé. Sa vie était suspendue, non éteinte !

Je pompais chaque fois qu'un excédant de vapeur d'eau faisait monter le baromètre. Dans la journée du 14, la porte de mon laboratoire fut littéralement enfoncée par M. le général russe comte Trollohub, envoyé du quartier général. Cet honorable officier était accouru en toute hâte pour empêcher l'exécution de M. le colonel et le conduire en présence du commandant en chef. Je lui confessai loyalement ce que j'avais fait sous l'inspiration de ma conscience ; je lui montrai le corps à travers un des œils-de-bœuf de la machine pneumatique ; je lui dis que j'étais heureux d'avoir conservé un homme qui pouvait fournir des renseignements utiles aux libérateurs de mon pays, et j'offris de le ressusciter à mes frais si l'on me promettait de respecter sa vie et sa liberté. M. le général comte Trollohub, homme distingué sans contredit, mais d'une instruction exclusivement militaire, crut que je ne parlais pas sérieusement. Il sortit en me jetant la porte au nez et en me traitant de vieux fou.

Je me remis à pomper et je maintins le vide à une pression de 3 à 5 millimètres pendant l'espace de trois mois. Je savais par expérience que les animaux peuvent revivre après avoir été soumis au vide sec et à froid pendant quatre-vingts jours.

Le 12 février 1814, ayant observé que, depuis un mois, il n'était survenu aucune modification dans l'affaissement des chairs, je résolus de soumettre M. le colonel à une autre série d'épreuves, afin d'assurer une conservation plus parfaite par une complète dessiccation. Je laissai rentrer l'air par le robinet destiné à cet usage, puis ayant enlevé la cloche, je procédai à la suite de mon expérience.

Le corps ne pesait plus que quarante-six livres ; je l'avais donc presque réduit au tiers de son poids primitif. Il faut tenir compte de ce que les vêtements n'avaient pas perdu autant d'eau que les autres parties. Or le corps de l'homme renferme presque les quatre cinquièmes de son poids d'eau, comme le démontre une dessiccation bien faite à l'étuve chimique.

Je plaçai donc M. le colonel sur un plateau et, après l'avoir glissé dans ma grande étuve, j'élevai graduellement la température à 75 degrés centigrades. Je n'osai dépasser ce chiffre, de peur d'altérer l'albumine, de la rendre insoluble, et d'ôter aux tissus la faculté de reprendre l'eau nécessaire au retour de leurs fonctions.

J'avais eu soin de disposer un appareil convenable pour que l'étuve fût constamment traversée par un courant d'air sec. Cet air s'était desséché en traversant une série de flacons remplis d'acide sulfurique, de chaux vive et de chlorure de calcium.

Après une semaine passée dans l'étuve, l'aspect général du corps n'avait pas changé, mais son poids s'était réduit à 40 livres, vêtements compris. Huit autres jours n'amenèrent aucune déperdition nouvelle. J'en conclus que la dessiccation était suffisante. Je savais bien que les cadavres momifiés dans les caveaux d'église depuis un siècle ou plus finissent par ne peser qu'une dizaine de livres ; mais ils ne deviennent pas si légers sans une notable altération de leurs tissus.

Le 27 février, je plaçai moi-même M. le colonel dans les boîtes que j'avais fait faire à son usage. Depuis cette époque, c'est-à-dire pendant un espace de neuf ans et onze mois, nous ne nous sommes jamais quittés. Je l'ai transporté avec moi à Dantzig, il habite ma maison. Je ne l'ai pas rangé à son numéro d'ordre dans ma collection de zoologie ; il repose à part, dans la chambre d'honneur. Je ne confie à personne le plaisir de renouveler son chlorure de calcium. Je prendrai soin de vous jusqu'à ma dernière heure, ô monsieur le colonel Fougas, cher et malheureux ami ! Mais je n'aurai pas la joie de contempler votre résurrection. Je ne partagerai point les douces émotions du guerrier qui revient à la vie. Vos glandes lacrymales, inertes aujourd'hui, ranimées dans quelques jours, ne répandront pas sur le sein de votre vieux bienfaiteur la douce rosée de la reconnaissance. Car vous ne rentrerez en possession de votre être que le jour où je ne vivrai plus !

Peut-être serez-vous étonné que, vous aimant comme je vous aime, j'aie tardé si longtemps à vous tirer de ce profond sommeil. Qui sait si un reproche amer ne viendra pas corrompre la douceur des premières actions de grâces que vous apporterez sur ma tombe ? Oui, j'ai prolongé sans profit pour vous une expérience d'intérêt général. J'aurais dû rester fidèle à ma première pensée et vous rendre la vie aussitôt après la signature de la paix. Mais quoi ! fallait-il donc vous renvoyer en France quand le sol de votre patrie était couvert de nos soldats et de nos alliés ? Je vous ai épargné ce spectacle si douloureux pour une âme comme la vôtre. Sans doute vous auriez eu la consolation de revoir, en mars 1815, l'homme fatal à qui vous aviez consacré votre dévouement ; mais êtes-vous bien sûr que vous n'eussiez pas été englouti avec sa fortune dans le naufrage de Waterloo ?

Depuis cinq ou six ans, ce n'est plus ni votre intérêt, ni même l'intérêt de la science qui m'a empêché de vous ranimer, c'est… pardonnez-le-moi, monsieur le colonel, c'est un lâche attachement à la vie. Le mal dont je souffre, et qui m'emportera bientôt, est une hypertrophie du cœur ; les émotions violentes me sont interdites. Si j'entreprenais moi-même cette grande opération, dont j'ai tracé la marche dans un programme annexé à ce testament, je succomberais sans nul doute avant de l'avoir terminée ; ma mort serait un accident fâcheux qui pourrait troubler mes aides et faire manquer votre résurrection.

Rassurez-vous, vous n'attendrez pas longtemps. Et, d'ailleurs, que perdez-vous à attendre ? Vous ne vieillissez pas, vous avez toujours vingt-quatre ans, vos enfants grandissent ; vous serez presque leur contemporain lorsque vous renaîtrez ! Vous êtes venu pauvre à Liebenfeld, pauvre vous êtes dans ma maison de Dantzig, et mon testament vous fait riche. Soyez heureux, c'est mon vœu le plus cher.

J'ordonne que, dès le lendemain de ma mort, mon neveu, Nicolas Meiser, réunisse par lettre de convocation les dix plus illustres médecins du royaume de Prusse, qu'il leur donne lecture de mon testament et du mémoire y annexé, et qu'il fasse procéder sans retard, dans mon propre laboratoire, à la résurrection de M. le colonel Fougas. Les frais de voyage, de séjour, etc., etc., seront prélevés sur l'actif de ma succession. Une somme de deux mille thalers sera consacrée à la publication des glorieux résultats de l'expérience, en allemand, en français et en latin. Un exemplaire de cette brochure devra être adressé à chacune des sociétés savantes qui existeront alors en Europe.

Dans le cas tout à fait imprévu où les efforts de la science ne parviendraient pas à ranimer M. le colonel, tous mes biens retourneraient à Nicolas Meiser, seul parent qui me reste.

Jean Meiser, d. m.

VIII

Comment Nicolas Meiser, neveu de Jean Meiser, avait exécuté le testament de son oncle.

Le docteur Hirtz de Berlin, qui avait copié ce testament lui-même, s'excusa fort obligeamment de ne l'avoir pas envoyé plus tôt. Ses affaires l'avaient contraint de voyager loin de la capitale. En passant par Dantzig, il s'était donné le plaisir de visiter M. Nicolas Meiser, ancien brasseur, richissime propriétaire et gros rentier, actuellement âgé de soixante-six ans. Ce vieillard se rappelait fort bien la mort et le testament de son oncle, le savant ; mais il n'en parlait pas sans une certaine répugnance. Il affirmait d'ailleurs qu'aussitôt après le décès de Jean Meiser, il avait rassemblé dix médecins de Dantzig autour de la momie du colonel ; il montrait même une déclaration unanime de ces messieurs, attestant qu'un homme desséché à l'étuve ne peut en aucune façon ni par aucun moyen renaître à la vie. Ce certificat, rédigé par les adversaires et les ennemis du défunt, ne faisait nulle mention du mémoire annexé au testament. Nicolas Meiser jurait ses grands dieux (mais non sans rougir visiblement) que cet écrit concernant les procédés à suivre pour ressusciter le colonel, n'avait jamais été connu de lui ni de sa femme. Interrogé sur les raisons qui avaient pu le porter à se dessaisir d'un dépôt aussi précieux que le corps de M. Fougas, il disait l'avoir conservé quinze ans dans sa maison avec tous les respects et tous les soins imaginables ; mais au bout de ce temps, obsédé de visions et réveillé presque toutes les nuits par le fantôme du colonel qui venait lui tirer les pieds, il s'était décidé à le vendre pour vingt écus à un amateur de Berlin. Depuis qu'il était débarrassé de ce triste voisinage, il dormait beaucoup mieux, mais pas encore tout à fait bien, car il lui avait été impossible d'oublier la figure du colonel.

À ces renseignements, M. Hirtz, médecin de S. A. R. le prince régent de Prusse, ajouta quelques mots en son nom personnel. Il ne croyait pas que la résurrection d'un homme sain et desséché avec précaution fût impossible en théorie ; il pensait même que le procédé de dessiccation indiqué par l'illustre Jean Meiser était le meilleur à suivre. Mais dans le cas présent, il ne lui paraissait pas vraisemblable que le colonel Fougas pût être rappelé à la vie : les influences atmosphériques et les variations de température qu'il avait subies durant un espace de quarante-six ans devaient avoir altéré les humeurs et les tissus.

C'était aussi le sentiment de M. Renault et de son fils. Pour calmer un peu l'exaltation de Clémentine, ils lui lurent les derniers paragraphes de la lettre de M. Hirtz. On lui cacha le testament de Jean Meiser, qui n'aurait pu que lui échauffer la tête. Mais cette petite imagination fermentait sans relâche, quoi qu'on fît pour l'assoupir. Clémentine recherchait maintenant la compagnie du docteur Martout ; elle discutait avec lui, elle voulait voir des expériences sur la résurrection des rotifères. Rentrée chez elle, elle pensait un peu à Léon et beaucoup au colonel. Le projet de mariage tenait toujours, mais personne n'osait parler de la publication des bans. Aux tendresses les plus touchantes de son futur, la jeune fiancée répondait par des discussions sur le principe vital. Ses visites dans la maison Renault ne s'adressaient pas aux vivants, mais au mort. Tous les raisonnements qu'on mit en œuvre pour la guérir d'un fol espoir ne servirent qu'à la jeter dans une mélancolie profonde. Ses belles couleurs pâlirent, l'éclat de son regard s'éteignit. Minée par un mal secret, elle perdit cette aimable vivacité qui était comme le pétillement de la jeunesse et de la joie. Il fallait que le changement fût bien visible, car Mlle Sambucco, qui n'avait pas des yeux de mère, s'en inquiéta.

M. Martout, persuadé que cette maladie de l'âme ne céderait qu'à un traitement moral, vint la voir un matin et lui dit :

« Ma chère enfant, quoique je ne m'explique pas bien le grand intérêt que vous portez à cette momie, j'ai fait quelque chose pour elle et pour vous. Je viens d'envoyer à M. Karl Nibor le petit bout d'oreille que Léon a détaché. »

Clémentine ouvrit de grands yeux.

« Vous ne me comprenez pas ? reprit le docteur. Il s'agit de reconnaître si les humeurs et les tissus du colonel ont subi des altérations graves. M. Nibor, avec son microscope, nous dira ce qui en est. On peut s'en rapporter à lui : c'est un génie infaillible. Sa réponse va nous apprendre s'il faut procéder à la résurrection de notre homme, ou s'il ne reste qu'à l'enterrer.

— Quoi ! s'écria la jeune fille, on peut décider si un homme est mort ou vivant, sur échantillon ?

— Il ne faut rien de plus au docteur Nibor. Oubliez donc vos préoccupations pendant une huitaine de jours. Dès que la réponse arrivera, je vous la donnerai à lire. J'ai stimulé la curiosité du grand savant : il ne sait absolument rien sur le fragment que je lui envoie. Mais si, par impossible, il nous disait que ce bout d'oreille appartient à un être sain, je le prierais de venir à Fontainebleau et de nous aider à lui rendre la vie. »

Cette vague lueur d'espérance dissipa la mélancolie de Clémentine et lui rendit sa belle santé. Elle se remit à chanter, à rire, à voltiger dans le jardin de sa tante et dans la maison de M. Renault. Les doux entretiens recommencèrent ; on reparla du mariage, le premier ban fut publié.

« Enfin, disait Léon, je la retrouve ! »

Mais Mme Renault, la sage et prévoyante mère, hochait la tête tristement :

« Tout cela ne va qu'à moitié bien, disait-elle. Je n'aime pas que ma bru se préoccupe si fort d'un beau garçon desséché. Que deviendrons-nous lorsqu'elle saura qu'il est impossible de le faire revivre ? Les papillons noirs ne vont-ils pas reprendre leur vol ? Et supposé qu'on parvienne à le ressusciter, par miracle ! êtes-vous sûrs qu'elle ne prendra pas de l'amour pour lui ? En vérité, Léon avait bien besoin d'acheter cette momie, et c'est ce que j'appelle de l'argent bien placé ! »

Un dimanche matin, M. Martout entra chez le vieux professeur en criant victoire.

Voici la réponse qui lui était venue de Paris :

« Mon cher confrère,

« J'ai reçu votre lettre et le petit fragment de tissu dont vous m'avez prié de déterminer la nature. Il ne m'a pas fallu grand travail pour voir de quoi il s'agissait. J'ai fait vingt fois des choses plus difficiles dans des expertises de médecine légale. Vous pouviez même vous dispenser de la formule consacrée : « Quand vous aurez fait votre examen au microscope, je vous dirai ce que c'est. » Ces finasseries ne servent de rien : mon microscope sait mieux que vous ce que vous m'avez envoyé. Vous connaissez la forme et la couleur des choses ; il en voit la structure intime, la raison d'être, les conditions de vie et de mort.

« Votre fragment de matière desséchée, large comme la moitié de mon ongle et à peu près aussi épais, après avoir séjourné vingt-quatre heures sous un globe, dans une atmosphère saturée d'eau, à la température du corps humain, est devenu souple, bien qu'un peu élastique. J'ai pu dès lors le disséquer, l'étudier comme un morceau de chair fraîche et placer sous le microscope chacune de ses parties qui me paraissait de consistance ou de couleur différente.

« J'ai d'abord trouvé au milieu une partie mince, plus dure et plus élastique que le reste, et qui m'a présenté la trame et les cellules du cartilage. Ce n'était ni le cartilage du nez, ni le cartilage d'une articulation, mais bien le fibro-cartilage de l'oreille. Donc vous m'avez envoyé un bout d'oreille ; et ce n'est point le bout d'en bas, le lobe qu'on perce chez les femmes pour y mettre des boucles d'or, mais le bout d'en haut, dans lequel le cartilage s'étend.

« À l'intérieur, j'ai détaché une peau fine dans laquelle le microscope m'a montré un épiderme délicat, parfaitement intact ; un derme non moins intact, avec de petites papilles, et surtout traversé par une foule de poils d'un fin duvet humain. Chacun de ces petits poils avait sa racine plongée dans son follicule, et le follicule accompagné de ses deux petites glandes. Je vous dirai même plus : ces poils de duvet étaient longs de quatre à cinq millimètres sur trois à cinq centièmes de millimètres d'épaisseur ; c'est le double de la grandeur du joli duvet qui fleurit sur une oreille féminine ; d'où je conclus que votre bout d'oreille appartient à un homme.

« Contre le bord recourbé du cartilage, j'ai trouvé les élégants faisceaux striés du muscle de l'hélix, et si parfaitement intacts qu'on aurait dit qu'ils ne demandaient qu'à se contracter. Sous la peau et près des muscles, j'ai trouvé plusieurs petits filets nerveux, composés chacun de huit ou dix tubes dont la moelle était aussi intacte et homogène que dans les nerfs enlevés à un animal vivant ou pris sur un membre amputé. Êtes-vous satisfait ? Demandez-vous merci ? Eh bien ! moi, je ne suis pas encore au bout de mon rouleau !

« Dans le tissu cellulaire interposé au cartilage et à la peau, j'ai trouvé de petites artères et de petites veines dont la structure était parfaitement reconnaissable. Elles renfermaient du sérum avec des globules rouges du sang. Ces globules étaient tous circulaires, biconcaves, parfaitement réguliers ; ils ne présentaient ni dentelures, ni cet état framboise, qui caractérise les globules du sang d'un cadavre.

« En résumé, mon cher confrère, j'ai trouvé dans ce fragment à peu près de tout ce qu'on trouve dans le corps de l'homme : du cartilage, du muscle, du nerf, de la peau, des poils, des glandes, du sang, etc., et tout cela dans un état parfaitement sain et normal. Ce n'est donc pas du cadavre que vous m'avez envoyé, mais un morceau d'un homme vivant, dont les humeurs et les tissus ne sont nullement décomposés.

« Agréez, etc.
« Karl Nibor.

« Paris, 30 juillet 1859. »

X

Beaucoup de bruit dans Fontainebleau.

On ne tarda pas à dire par la ville que M. Martout et les MM. Renault se proposaient de ressusciter un homme, avec le concours de plusieurs savants de Paris.

M. Martout avait adressé un mémoire détaillé au célèbre Karl Nibor, qui s'était hâté d'en faire part à la Société de biologie. Une commission fut nommée séance tenante pour accompagner M. Nibor à Fontainebleau. Les six commissaires et le rapporteur convinrent de quitter Paris le 15 août, heureux de se soustraire au fracas des réjouissances publiques. On avertit M. Martout de préparer l'expérience, qui ne devait pas durer moins de trois jours.

Quelques gazettes de Paris annoncèrent ce grand événement dans leurs faits divers, mais le public y prêta peu d'attention. La rentrée solennelle de l'armée d'Italie occupait exclusivement tous les esprits, et d'ailleurs les Français n'accordent plus qu'une foi médiocre aux miracles promis par les journaux.

Mais à Fontainebleau ce fut une tout autre affaire. Non-seulement M. Martout et MM. Renault, mais M. Audret l'architecte, M. Bonnivet le notaire, et dix autres gros bonnets de la ville avaient vu et touché la momie du colonel. Ils en avaient parlé à leurs amis, ils l'avaient décrit de leur mieux, ils avaient raconté son histoire. Deux ou trois copies du testament de M. Meiser circulaient de main en main. La question des réviviscences était à l'ordre du jour ; on la discutait autour du bassin des Carpes, comme en pleine Académie des sciences. Vous auriez entendu parler des rotifères et des tardigrades jusque sur la place du Marché !

Il convient de déclarer que les résurrectionnistes n'étaient pas en majorité. Quelques professeurs du collége, notés par leur esprit paradoxal, quelques amis du merveilleux, atteints et convaincus d'avoir fait tourner les tables, enfin une demi-douzaine de ces grognards à moustache blanche qui croient que la mort de Napoléon Ier est une calomnie répandue par les Anglais, composaient le gros de l'armée. M. Martout avait contre lui non-seulement les sceptiques, mais encore la foule innombrable des croyants. Les uns le tournaient en ridicule, les autres le proclamaient subversif, dangereux, ennemi des idées fondamentales sur lesquelles repose la société. Le desservant d'une petite église prêcha à mots couverts contre les prométhées qui prétendent usurper les privilèges du ciel. Mais le curé de la paroisse, excellent homme et tolérant, ne craignit pas de dire dans cinq ou six maisons que la guérison d'un malade aussi désespéré que M. Fougas serait une preuve de la puissance et de la miséricorde de Dieu.

La garnison de Fontainebleau se composait alors de quatre escadrons de cuirassiers et du 23e de ligne qui s'était distingué à Magenta. Lorsqu'on sut dans l'ancien régiment du colonel Fougas que cet illustre officier allait peut-être revenir au monde, ce fut une émotion générale. Un régiment sait son histoire, et l'histoire du 23e avait été celle de Fougas depuis le mois de février 1811 jusqu'en novembre 1813. Tous les soldats avaient entendu lire dans leurs chambrées l'anecdote suivante :

« Le 27 août 1813, à la bataille de Dresde, l'Empereur aperçoit un régiment français au pied d'une redoute russe qui le couvrait de mitraille. Il s'informe on lui répond que c'est le 23e de ligne. « C'est impossible, dit-il, le 23e de ligne ne resterait pas sous le feu sans courir sur l'artillerie qui le foudroie » Le 23e, mené par le colonel Fougas, gravit la hauteur au pas de charge, cloua les artilleurs sur leurs pièces et enleva la redoute. »

Les officiers et les soldats, fiers à bon droit de cette action mémorable, vénéraient sous le nom de Fougas un des ancêtres du régiment. L'idée de le voir reparaître au milieu d'eux, jeune et vivant, ne leur paraissait pas vraisemblable, mais c'était déjà quelque chose que de posséder son corps.

Officiers et soldats décidèrent qu'il serait enseveli à leurs frais, après les expériences du docteur Martout. Et pour lui donner un tombeau digne de sa gloire ils votèrent une cotisation de deux jours de solde.

Tout ce qui portait l'épaulette défila dans le laboratoire de M. Renault ; le colonel des cuirassiers y revint plusieurs fois, dans l'espoir de rencontrer Clémentine. Mais la fiancée de Léon se tenait à l'écart.

Elle était heureuse comme une femme ne l'a jamais été, cette jolie petite Clémentine. Aucun nuage ne voilait plus la sérénité de son beau front. Libre de tous soucis, le cœur ouvert à l'espérance, elle adorait son cher Léon et passait les jours à le lui dire. Elle-même avait pressé la publication des bans.

« Nous nous marierons, disait-elle, le lendemain de la résurrection du colonel. J'entends qu'il soit mon témoin, je veux qu'il me bénisse ! C'est bien le moins qu'il puisse faire pour moi, après tout ce que j'ai fait pour lui. Dire que, sans mon obstination, vous alliez l'envoyer au muséum du jardin des Plantes ! Je lui conterai cela, monsieur, dès qu'il pourra nous entendre, et il vous coupera les oreilles à son tour ! Je vous aime !

— Mais, répliquait Léon, pourquoi subordonnez-vous mon bonheur au succès d'une expérience ! Toutes les formalités ordinaires sont remplies, les publications faites, les affiches posées : personne au monde ne nous empêcherait de nous marier demain, et il vous plaît d'attendre jusqu'au 19 ! Quel rapport y a-t-il entre nous et ce monsieur desséché qui dort dans une boîte ? Il n'appartient ni à votre maison ni à la mienne. J'ai compulsé tous les papiers de votre famille en remontant jusqu'à la sixième génération et je n'y ai trouvé personne du nom de Fougas. Ce n'est donc pas un grand-parent que nous attendons pour la cérémonie. Qu'est-ce alors ? Les méchantes langues de Fontainebleau prétendent que vous avez une passion pour ce fétiche de 1813 ; moi qui suis sûr de votre cœur, j'espère que vous ne l'aimerez jamais autant que moi. En attendant, on m'appelle le rival du colonel au bois dormant !

— Laissez dire les sots, répondait Clémentine avec un sourire angélique. Je ne me charge pas d'expliquer mon affection pour le pauvre Fougas, mais je l'aime beaucoup, cela est certain. Je l'aime comme un père, comme un frère, si vous le préférez, car il est presque aussi jeune que moi. Quand nous l'aurons ressuscité, je l'aimerai peut-être comme un fils, mais vous n'y perdrez rien, mon cher Léon. Vous avez dans mon cœur une place à part, la meilleure, et personne ne vous la prendra, pas même lui ! »

Cette querelle d'amoureux, qui recommençait souvent et finissait toujours par un baiser, fut un jour interrompue par la visite du commissaire de police.

L'honorable fonctionnaire déclina poliment son nom et sa qualité, et demanda au jeune Renault la faveur de l'entretenir à part.

« Monsieur, lui dit-il lorsqu'il le vit seul, je sais tous les égards qui sont dus à un homme de votre caractère et dans votre position, et j'espère que vous voudrez bien ne pas interpréter en mauvais sens une démarche qui m'est inspirée par le sentiment du devoir. »

Léon s'écarquilla les yeux en attendant la suite de ce discours.

« Vous devinez, monsieur, poursuivit le commissaire, qu'il s'agit de la loi sur les sépultures. Elle est formelle, et n'admet aucune exception. L'autorité pourrait fermer les yeux, mais le grand bruit qui s'est fait, et d'ailleurs la qualité du défunt, sans compter la question religieuse, nous met dans l'obligation d'agir… de concert avec vous, bien entendu… »

Léon comprenait de moins en moins. On finit par lui expliquer, toujours dans le style administratif, qu'il devait faire porter M. Fougas au cimetière de la ville.

« Mais, monsieur, répondit l'ingénieur, si vous avez entendu parler du colonel Fougas, on a dû vous dire aussi que nous ne le tenons pas pour mort.

— Monsieur, répliqua le commissaire avec un sourire assez fin, les opinions sont libres. Mais le médecin des morts, qui a eu le plaisir de voir le défunt, nous a fait un rapport concluant à l'inhumation immédiate.

— Eh bien, monsieur, si Fougas est mort, nous avons l'espérance de le ressusciter.

— On nous l'avait déjà dit, monsieur, mais, pour ma part, j'hésitais à le croire.

— Vous le croirez quand vous l'aurez vu, et j'espère, monsieur, que cela ne tardera pas longtemps.

— Mais alors, monsieur, vous vous êtes donc mis en règle ?

— Avec qui ?

— Je ne sais pas, monsieur ; mais je suppose qu'ayant d'entreprendre une chose pareille, vous vous êtes muni de quelque autorisation.

— De qui ?

— Mais enfin, monsieur, vous avouerez que la résurrection d'un homme est une chose extraordinaire. Quant à moi, c'est bien la première fois que j'en entends parler. Or le devoir d'une police bien faite est d'empêcher qu'il se passe rien d'extraordinaire dans le pays.

— Voyons, monsieur, si je vous disais : voici un homme qui n'est pas mort ; j'ai l'espoir très-fondé de le remettre sur pied dans trois jours ; votre médecin, qui prétend le contraire, se trompe : prendriez-vous la responsabilité de faire enterrer Fougas ?

— Non, certes ! À Dieu ne plaise que je prenne rien sous ma responsabilité ! mais cependant, monsieur, en faisant enterrer M. Fougas ; je serais dans l'ordre et dans la légalité. Car enfin de quel droit prétendez-vous ressusciter un homme ? Dans quel pays a-t-on l'habitude de ressusciter ? Quel est le texte de loi qui vous autorise à ressusciter les gens ?

— Connaissez-vous une loi qui le défende ? Or tout ce qui n'est pas défendu est permis.

— Aux yeux des magistrats, peut-être bien. Mais la police doit prévenir, éviter le désordre. Or, une résurrection, monsieur, est un fait assez inouï pour constituer un désordre véritable.

— Vous avouerez, du moins, que c'est un désordre assez heureux.

— Il n'y a pas de désordre heureux. Considérez, d'ailleurs, que le défunt n'est pas le premier venu. S'il s'agissait d'un vagabond sans feu ni lieu, on pourrait user de tolérance. Mais c'est un militaire, un officier supérieur et décoré ; un homme qui a occupé un rang élevé dans l'armée. L'armée, monsieur ! Il ne faut pas toucher à l'armée !

— Eh ! monsieur, je touche à l'armée comme le chirurgien qui panse ses plaies ! Il s'agit de lui rendre un colonel, à l'armée ! Et c'est vous qui, par esprit de routine, voulez lui faire tort d'un colonel !

— Je vous en supplie, monsieur, ne vous animez pas tant et ne parlez pas si haut : on pourrait nous entendre. Croyez que je serai de moitié avec vous dans tout ce que vous voudrez faire pour cette belle et glorieuse armée de mon pays. Mais avez-vous songé à la question religieuse ?

— Quelle question religieuse ?

— À vous dire le vrai, monsieur (mais ceci tout à fait entre nous), le reste est pur accessoire et nous touchons au point délicat. On est venu me trouver, on m'a fait des observations très-judicieuses. La seule annonce de votre projet a jeté le trouble dans un certain nombre de consciences. On craint que le succès d'une entreprise de ce genre ne porte un coup à la foi, ne scandalise, en un mot, les esprits tranquilles. Car enfin, si M. Fougas est mort, c'est que Dieu l'a voulu. Ne craignez-vous pas, en le ressuscitant, d'aller contre la volonté de Dieu ?

— Non, monsieur ; car je suis sûr de ne pas ressusciter Fougas si Dieu en a décidé autrement. Dieu permet qu'un homme attrape la fièvre, mais Dieu permet aussi qu'un médecin le guérisse. Dieu a permis qu'un brave soldat de l'Empereur fût empoigné par quatre ivrognes de Russes, condamné comme espion, gelé dans une forteresse et desséché par un vieil Allemand sous une machine pneumatique. Mais Dieu permet aussi que je retrouve ce malheureux dans une boutique de bric-à-brac, que je l'apporte à Fontainebleau, que je l'examine avec quelques savants et que nous combinions un moyen à peu près sûr de le rendre à la vie. Tout cela prouve une chose, c'est que Dieu est plus juste, plus clément et plus miséricordieux que ceux qui abusent de son nom pour vous exciter.

— Je vous assure, monsieur, que je ne suis nullement excité. Je me rends à vos raisons parce qu'elles sont bonnes et parce que vous êtes un homme considérable dans la ville. J'espère bien, d'ailleurs, que vous ne réprouverez pas un acte de zèle qui m'a été conseillé. Je suis fonctionnaire, monsieur. Or, qu'est-ce qu'un fonctionnaire ? Un homme qui a une place. Supposez maintenant que les fonctionnaires s'exposent à perdre leur place, que restera-t-il en France ? Rien, monsieur, absolument rien. J'ai l'honneur de vous saluer. »

Le 15 août au matin, M. Karl Nibor se présenta chez M. Renault avec le docteur Martout et la commission nommée à Paris par la Société de biologie. Comme il arrive souvent en province, l'entrée de notre illustre savant fut une sorte de déception. Mme Renault s'attendait à voir paraître, sinon un magicien en robe de velours constellée d'or, au moins un vieillard d'une prestance et d'une gravité extraordinaire. Karl Nibor est un homme de taille moyenne, très-blond et très-fluet. Peut-être a-t-il bien quarante ans, mais on ne lui en donnerait pas plus de trente-cinq. Il porte la moustache et la mouche ; il est gai, parleur, agréable et assez mondain pour amuser les dames. Mais Clémentine ne jouit pas de sa conversation. Sa tante l'avait emmenée à Moret pour la soustraire aux angoisses de la crainte et aux enivrements de la victoire.

X

Alleluia !

M. Nibor et ses collègues, après les compliments d'usage, demandèrent à voir le sujet. Ils n'avaient pas de temps à perdre et l'expérience ne pouvait guère durer moins de trois jours. Léon s'empressa de les conduire au laboratoire et d'ouvrir les trois coffres du colonel.

On trouva que le malade avait la figure assez bonne. M. Nibor le dépouilla de ses vêtements, qui se déchiraient comme de l'amadou pour avoir trop séché dans l'étuve du père Meiser. Le corps, mis à nu, fut jugé très-intact et parfaitement sain. Personne n'osait encore garantir le succès, mais tout le monde était plein d'espérance.

Après ce premier examen, M. Renault mit son laboratoire au service de ses hôtes. Il leur offrit tout ce qu'il possédait avec une munificence qui n'était pas exempte de vanité. Pour le cas où l'emploi de l'électricité paraîtrait nécessaire, il avait une forte batterie de bouteilles de Leyde et quarante éléments de Bunsen tout neufs. M. Nibor le remercia en souriant.

« Gardez vos richesses, lui dit-il. Avec une baignoire et une chaudière d'eau bouillante nous aurons tout ce qu'il nous faut. Le colonel ne manque de rien que d'humidité. Il s'agit de lui rendre la quantité d'eau nécessaire au jeu des organes. Si vous avez un cabinet où l'on puisse amener un jet de vapeur, nous serons plus que contents. »

Tout justement M. Audret l'architecte, avait construit auprès du laboratoire une petite salle de bain, commode et claire. La célèbre machine à vapeur n'était pas loin, et sa chaudière n'avait servi, jusqu'à présent, qu'à chauffer les bains de, M. et Mme Renault.

Le colonel fut transporté dans cette pièce avec tous les égards que méritait sa fragilité. Il ne s'agissait pas de lui casser sa deuxième oreille dans la hâte du déménagement ! Léon courut allumer le feu de la chaudière, et M. Nibor le nomma chauffeur sur le champ de bataille.

Bientôt un jet de vapeur tiède pénétra dans la salle de bain, créant autour du colonel une atmosphère humide qu'on éleva par degrés, et sans secousse, jusqu'à la température du corps humain. Ces conditions de chaleur et d'humidité furent maintenues avec le plus grand soin durant vingt-quatre heures. Personne ne dormit dans la maison. Les membres de la commission parisienne campaient dans le laboratoire. Léon chauffait ; M. Nibor, M. Renault et M. Martout s'en allaient tour à tour surveiller le thermomètre. Mme Renault faisait du thé, du café et même du punch ; Gothon, qui avait communié le matin, priait Dieu dans un coin de sa cuisine pour que ce miracle impie ne réussît pas. Une certaine agitation régnait déjà par la ville, mais on ne savait s'il fallait l'attribuer à la fête du 15 ou à la fameuse entreprise des sept savants de Paris.

Le 16 à deux heures on avait obtenu des résultats encourageants. La peau et les muscles avaient recouvré presque toute leur souplesse, mais les articulations étaient encore difficiles à fléchir. L'état d'affaissement des parois du ventre et des intervalles des côtes montrait enfin que les viscères étaient loin d'avoir repris la quantité d'eau qu'ils avaient perdue autrefois chez M. Meiser. Un bain fut préparé et maintenu à la température de 37 degrés et demi. On y laissa le colonel pendant deux heures, en ayant soin de lui passer souvent sur la tête une éponge fine imbibée d'eau.

M. Nibor le retira du bain lorsque la peau, qui s'était gonflée plus vite que les autres tissus, commença à prendre une teinte blanche et à se rider légèrement. On le maintint, jusqu'au soir du 16, dans cette salle humide, où l'on disposa un appareil qui laissait tomber de temps à autre une pluie fine à 37 degrés et demi. Un nouveau bain fut donné le soir. Pendant la nuit, le corps fut enveloppé de flanelle, mais maintenu constamment dans la même atmosphère de vapeur.

Le 17 au matin, après un troisième bain d'une heure et demie, les traits de la figure et les formes du corps avaient leur aspect naturel : on eût dit un homme endormi. Cinq ou six curieux furent admis à le voir, entre autres le colonel du 23e. En présence de ces témoins, M. Nibor fit mouvoir successivement toutes les articulations et prouva qu'elles avaient repris leur souplesse. Il massa doucement les membres, le tronc et l'abdomen. Il entr'ouvrit les lèvres, écarta les mâchoires qui étaient assez fortement serrées, et vit que la langue était revenue à son volume et à sa consistance ordinaires. Il entr'ouvrit les paupières : le globe des yeux était ferme et brillant.

« Messieurs, dit le savant, voilà des signes qui ne trompent pas ; je réponds du succès. Dans quelques heures, vous assisterez aux premières manifestations de la vie.

— Mais, interrompit un des assistants, pourquoi pas tout de suite ?

— Parce que les conjonctives sont encore un peu plus pâles qu'il ne faudrait. Mais ces petites veines qui parcourent le blanc des yeux ont déjà pris une physionomie très-rassurante. Le sang s'est bien refait. Qu'est-ce que le sang ? Des globules rouges nageant dans du sérum ou petit-lait. Le sérum du pauvre Fougas s'était desséché dans les veines ; l'eau que nous y avons introduite graduellement par une lente endosmose a gonflé l'albumine et la fibrine du sérum, qui est revenu à l'état liquide. Les globules rouges, que la dessiccation avait agglutinés, demeuraient immobiles comme des navires échoués à la marée basse. Les voilà remis à flot : ils épaississent, ils s'enflent, ils arrondissent leurs bords, ils se détachent les uns des autres, ils se mettront à circuler dans leurs canaux à la première poussée qui leur sera donnée par les contractions du cœur.

— Reste à savoir, dit M. Renault, si le cœur voudra se mettre en branle. Dans un homme vivant, le cœur se meut sous l'impulsion du cerveau, transmise par les nerfs. Le cerveau agit sous l'impulsion du cœur transmise par les artères. Le tout forme un cercle parfaitement exact, hors duquel il n'y a pas de salut. Et lorsque le cœur et le cerveau ne fonctionnent ni l'un ni l'autre, comme chez le colonel, je ne vois pas lequel des deux pourrait donner l'impulsion à l'autre. Vous rappelez-vous cette scène de l'École des femmes où Arnolphe vient heurter à sa porte ? Le valet et la servante, Alain et Georgette, sont tous les deux dans la maison. « Georgette ! crie Alain. — « Eh bien ? répond Georgette : — Ouvre là-bas ! — Vas-y, toi ! — Vas-y, toi ! — Ma foi, je n'irai pas ! — Je n'irai pas aussi. — Ouvre vite ! — Ouvre, toi » Et personne n'ouvre. Je crains bien, monsieur, que nous n'assistions à une représentation de cette comédie. La maison, c'est le corps du colonel ; Arnolphe, qui voudrait bien rentrer, c'est le principe vital. Le cœur et le cerveau remplissent le rôle d'Alain et de Georgette. « Ouvre là-bas ! dit l'un. — Vas-y, toi, » répond l'autre. Et le principe vital reste à la porte.

— Monsieur, répliqua en souriant le docteur Nibor, vous oubliez la fin de la scène. Arnolphe se fâche, il s'écrie :

Quiconque de vous deux n'ouvrira pas la porte,
N'aura pas à manger de plus de quatre jours !

« Et aussitôt Alain de s'empresser, Georgette d'accourir et la porte de s'ouvrir. Notez bien que si je parle ainsi, c'est pour entrer dans votre raisonnement, car le mot de principe vital est en contradiction avec l'état actuel de la science. La vie se manifestera dès que le cerveau ou le cœur, ou quelqu'une des parties du corps qui ont la propriété d'agir spontanément, aura repris la quantité d'eau dont elle a besoin. La substance organisée a des propriétés qui lui sont inhérentes et qui se manifestent d'elles-mêmes, sans l'impulsion d'aucun principe étranger, pourvu qu'elles se trouvent dans certaines conditions de milieu. Pourquoi les muscles de M. Fougas ne se contractent-ils pas encore ? Pourquoi le tissu du cerveau n'entre-t-il pas en action ? Parce qu'ils n'ont pas encore la somme d'humidité qui leur est nécessaire. Il manque peut-être un demi-litre d'eau dans la coupe de la vie. Mai je ne me hâterai pas de la remplir : j'ai trop peur de la casser. Avant de donner un dernier bain à ce brave, il faut encore masser tous ses organes, soumettre son abdomen à des pressions méthodiques afin que les séreuses du ventre, de la poitrine et du cœur soient parfaitement désagglutinées et susceptibles de glisser les unes sur les autres. Vous comprenez que le moindre accroc dans ces régions-là, et même la plus légère résistance, suffirait pour tuer notre homme dans l'instant de sa résurrection. »

Tout en parlant, il joignait l'exemple au précepte, et pétrissait le torse du colonel. Comme les spectateurs remplissaient un peu trop exactement la salle de bain, et qu'il était presque impossible de s'y mouvoir, M. Nibor les pria de passer dans le laboratoire. Mais le laboratoire se trouva tellement plein qu'il fallut l'évacuer au profit du salon : les commissaires de la société de biologie avaient à peine un coin de table où rédiger le procès-verbal. Le salon même était bourré de monde, ainsi que la salle à manger et jusqu'à la cour de la maison. Amis, étrangers, inconnus se serraient les coudes et attendaient en silence. Mais le silence de la foule n'est pas beaucoup moins bruyant que le grondement de la mer. Le gros docteur Martout, extraordinairement affairé, se montrait de temps à autre et fendait les flots de curieux, comme un galion chargé de nouvelles. Chacune de ses paroles circulait de bouche en bouche et se répandait jusque dans la rue, où trente groupes de militaires et de bourgeois s'agitaient en tout sens. Jamais cette petite rue de la Faisanderie n'avait vu semblable cohue. Un passant étonné s'arrêta, demandant :

« Qu'y a-t-il ? Est-ce un enterrement ?

— Au contraire, monsieur.

— C'est donc un baptême ?

— À l'eau chaude !

— Une naissance ?

— Une renaissance »

Un vieux juge au tribunal civil expliquait au substitut la légende du vieil Æson, bouilli dans la chaudière de Médée.

« C'est presque la même expérience, disait-il, et je croirais que les poëtes ont calomnié la magicienne de Colchos. Il y aurait de jolis vers latins à faire là-dessus ; mais je n'ai plus mon antique prouesse !

Fabula Medeam cur crimine carpit iniquo ?
Ecce novus surgit redivivis Æson ab undis
Fortior, arma petens, juvenili pectore miles…

Redivivis est pris dans le sens actif ; c'est une licence, ou du moins une hardiesse. Ah ! monsieur ! il fut un temps ou j'étais l'homme de toutes les audaces, en vers latins !

— Cap'ral disait un conscrit de la classe de 1859.

— Quoi-t-il y a, Fréminot ?

— C'est-il vrai qu'ils font bouillir un ancien dans une marmite, histoire de le réhabiliter dans ses habits de colonel ?

— Vrai-t-ou pas vrai, subalterne, je me le suis laissé dire.

— J'imagine que c'est-z-une histoire sans fondement, sous votre respect ?

— Apprenez, Fréminot, que rien n'est impossible à vos supériors !

Vous n'ignorez pas concurremment que les légumes sèches, en les faisant bouillir, récapitulent leur état primitif et surnaturel ?

— Mais, cap'ral, que si on les cuisait trois jours de temps, elles tomberaient en bouillie !

— Mais, imbécile, pourquoi que les anciens on les appelle des durs à cuire ? »

À midi, le commissaire de police et le lieutenant de gendarmerie fendirent la presse et s'introduisirent dans la maison. Ces messieurs s'empressèrent de déclarer à M. Renault père que leur visite n'avait rien d'officiel et qu'ils venaient en curieux. Ils rencontrèrent dans le corridor le sous-préfet, le maire et Gothon, qui se lamentait tout haut de voir le gouvernement prêter les mains à des sorcelleries pareilles.

Vers une heure M. Nibor fit prendre au colonel un nouveau bain prolongé, au sortir duquel le corps subit un massage plus fort et plus complet que le premier.

« Maintenant, dit le docteur, nous pouvons transporter M. Fougas au laboratoire, pour donner à sa résurrection toute la publicité désirable. Mais il conviendrait de l'habiller, et son uniforme est en lambeaux.

— Je crois, répondit le bon M. Renault, que le colonel est à peu près de ma taille ; je puis donc lui prêter des habits à moi. Fasse le ciel qu'il les use ! mais entre nous, je ne l'espère pas. »

Gothon apporta, en grommelant, ce qu'il faut pour vêtir un homme complétement nu. Mais sa mauvaise humeur ne tint pas devant la beauté du colonel :

« Pauvre monsieur ! s'écria-t-elle. C'est jeune, c'est frais, c'est blanc comme un petit poulet ! S'il ne revenait pas, ce serait grand dommage ! »

Il y avait environ quarante personnes dans le laboratoire lorsqu'on y transporta Fougas. M. Nibor, aidé de M. Martout, l'assit sur un canapé et réclama quelques instants de vrai silence. Mme Renault fit demander sur ces entrefaites s'il lui était permis d'entrer ; on l'admit.

« Madame et messieurs, dit le docteur Nibor, la vie se manifestera dans quelques minutes. Il se peut que les muscles agissent les premiers et que leur action soit convulsive, n'étant pas encore réglée par l'influence du système nerveux. Je dois vous prévenir de ce fait, pour que, le cas échéant, vous ne soyez point effrayés. Madame, qui est mère, devra s'en étonner moins que personne ; elle a ressenti au quatrième mois de la grossesse l'effet de ces mouvements irréguliers qui vont peut-être se produire en grand. J'espère bien, au reste, que les premières contractions spontanées se produiront dans les fibres du cœur. C'est ce qui arrive chez l'embryon, où les mouvements rhythmiques du cœur précèdent les actes nerveux. »

Il se remit à exercer des pressions méthodiques sur le bas de la poitrine, stimulant la peau des mains, entr'ouvrant les paupières, explorant le pouls, auscultant la région du cœur.

L'attention des spectateurs fut un instant détournée par un tumulte extérieur. Un bataillon du 23e passait, musique en tête, dans la rue de la Faisanderie. Tandis que les cuivres de M. Sax ébranlaient les fenêtres de la maison, une rougeur subite empourpra les joues du colonel. Ses yeux, qui étaient restés entr'ouverts, brillèrent d'un éclat plus vif. Au même moment, le docteur Nibor, qui auscultait la poitrine, s'écria :

« J'entends les bruits du cœur. »

À peine avait-il parlé, que la poitrine se gonfla par une aspiration violente, les membres se contractèrent, le corps se dressa et l'on entendit un cri de : « Vive l'empereur ! »

Mais comme si un tel effort avait épuisé son énergie, le colonel Fougas retomba sur le canapé en murmurant d'une voix éteinte :

« Où suis-je ? Garçon ! l'annuaire ! »

XI

Où le colonel Fougas apprend quelques nouvelles qui paraîtront anciennes à mes lecteurs.

Parmi les personnes présentes à cette scène, il n'y en avait pas une seule qui eût vu des résurrections. Je vous laisse à penser la surprise et la joie qui éclatèrent dans le laboratoire. Une triple salve d'applaudissements mêlés de cris, salua le triomphe du docteur Nibor. La foule, entassée dans le salon, dans les couloirs, dans la cour et jusque dans la rue, comprit à ce signal que le miracle était accompli. Rien ne put la retenir, elle enfonça les portes, surmonta les obstacles, culbuta tous les sages qui voulaient l'arrêter, et vint enfin déborder dans le cabinet de physique.

« Messieurs ! criait M. Nibor, vous voulez donc le tuer ! »

Mais on le laissait dire. La plus féroce de toutes les passions, la curiosité, poussait la foule en avant ; chacun voulait voir au risque d'écraser les autres. M. Nibor tomba, M. Renault et son fils, en essayant de le secourir, furent abattus sur son corps ; Mme Renault fut renversée à son tour aux genoux du colonel et se mit à crier du haut de sa tête.

« Sacrebleu ! dit Fougas en se dressant comme par ressort, ces gredins-là vont nous étouffer, si on ne les assomme ! »

Son attitude, l'éclat de ses yeux, et surtout le prestige du merveilleux, firent un vide autour de lui. On aurait dit que les murs s'étaient éloignés, ou que les spectateurs étaient rentrés les uns dans les autres.

« Hors d'ici tous ! » s'écria Fougas, de sa plus belle voix de commandement.

Un concert de cris, d'explications, de raisonnements, s'élève autour de lui ; il croit entendre des menaces, il saisit la première chaise qui se trouve à sa portée, la brandit comme une arme, il pousse, frappe, culbute les bourgeois, les soldats, les fonctionnaires, les savants, les amis, les curieux, le commissaire de police, et verse ce torrent humain dans la rue avec un fracas épouvantable. Cela fait, il referme la porte au verrou, revient au laboratoire, voit trois hommes debout auprès de Mme Renault, et dit à la vieille dame en adoucissant le ton de sa voix :

« Voyons, la mère, faut-il expédier ces trois-là comme les autres ?

— Gardez-vous en bien s'écria la bonne dame. Mon mari et mon fils, monsieur. Et M. le docteur Nibor, qui vous a rendu la vie.

— En ce cas, honneur à eux, la mère ! Fougas n'a jamais forfait aux lois de la reconnaissance et de l'hospitalité. Quant à vous, mon Esculape, touchez là ! »

Au même instant il s'aperçut que dix à douze curieux s'étaient hissés du trottoir de la rue jusqu'aux fenêtres du laboratoire. Il marcha droit à eux et ouvrit avec une précipitation qui les fit sauter dans la foule.

« Peuple ! dit-il, j'ai culbuté une centaine de pandours qui ne respectaient ni le sexe ni la faiblesse. Ceux qui ne seront pas contents, je m'appelle le colonel Fougas, du 23e. Et vive l'empereur ! »

Un mélange confus d'applaudissements, de cris, de rires et de gros mots répondit à cette allocution bizarre. Léon Renault se hâta de sortir pour porter des excuses à tous ceux à qui l'on en devait. Il invita quelques amis à dîner le soir même avec le terrible colonel, et surtout il n'oublia pas d'envoyer un exprès à Clémentine.

Fougas, après avoir parlé au peuple, se retourna vers ses hôtes en se dandinant d'un air crâne, se mit à cheval sur la chaise qui lui avait déjà servi, releva les crocs de sa moustache, et dit :

« Ah çà, causons. J'ai donc été malade ?

— Très-malade.

— C'est fabuleux. Je me sens tout dispos. J'ai faim, et même en attendant le dîner, je boirais bien un verre de votre schnick. »

Mme Renault sortit, donna un ordre et rentra aussitôt.

« Mais, dites-moi donc où je suis ! reprit le colonel. À ces attributs du travail, je reconnais un disciple d'Uranie ; peut-être un ami de Monge et de Berthollet. Mais l'aimable cordialité empreinte sur vos visages me prouve que vous n'êtes pas des naturels de ce pays de choucroute. Oui, j'en crois les battements de mon cœur. Amis, nous avons la même patrie. La sensibilité de votre accueil, à défaut d'autres indices, m'aurait averti que vous êtes Français. Quels hasards vous ont amené si loin du sol natal ? Enfants de mon pays, quelle tempête vous a jetés sur cette rive inhospitalière ?

— Mon cher colonel, répondit M. Nibor, si vous voulez être bien sage, vous ne ferez pas trop de questions à la fois. Laissez-nous le plaisir de vous instruire tout doucement et avec ordre, car vous avez beaucoup de choses à apprendre. »

Le colonel rougit de colère et répondit vivement :

« Ce n'est toujours pas vous qui m'en remontrerez, mon petit monsieur ! »

Une goutte de sang qui lui tomba sur la main détourna le cours de ses idées :

« Tiens ! dit-il est-ce que je saigne ?

— Cela ne sera rien ; la circulation s'est rétablie, et votre oreille cassée…

Il porta vivement la main à son oreille et dit :

« C'est pardieu vrai. Mais du diable si je me souviens de cet accident-là !

— Je vais vous faire un petit pansement, et dans deux jours il n'y paraîtra plus.

— Ne vous donnez pas la peine, mon cher Hippocrate ; une pincée de poudre, c'est souverain ! »

M. Nibor se mit en devoir de le panser un peu moins militairement. Sur ces entrefaites, Léon rentra.

« Ah ! ah ! dit-il au docteur, vous réparez le mal que j'ai fait.

— Tonnerre ! s'écria Fougas en s'échappant des mains de M. Nibor pour saisir Léon au collet. C'est toi, clampin ! qui m'as cassé l'oreille ? »

Léon était très-doux, mais la patience lui échappa. Il repoussa brusquement son homme.

« Oui, monsieur, c'est moi qui vous ai cassé l'oreille, en la tirant, et si ce petit malheur ne m'était pas arrivé, il est certain que vous seriez aujourd'hui à six pieds sous terre. C'est moi qui vous ai sauvé la vie, après vous avoir acheté de mon argent, lorsque vous n'étiez pas coté plus de vingt-cinq louis. C'est moi qui ai passé trois jours et deux nuits à fourrer du charbon sous votre chaudière. C'est mon père qui vous a donné les vêtements que vous avez sur le corps ; vous êtes chez nous, buvez le petit verre d'eau-de-vie que Gothon vous apporte ; mais pour Dieu ! quittez l'habitude de m'appeler clampin, d'appeler ma mère la mère, et de jeter nos amis dans la rue en les traitant de pandours ! »

Le colonel, tout ahuri, tendit la main à Léon, à M. Renault et au docteur, baisa galamment la main de Mme Renault, avala d'un trait un verre à vin de Bordeaux rempli d'eau-de-vie jusqu'au bord, et dit d'une voix émue :

« Vertueux habitants, oubliez les écarts d'une âme vive mais généreuse. Dompter mes passions sera désormais ma loi. Après avoir vaincu tous les peuples de l'univers, il est beau de se vaincre soi-même. »

Cela dit, il livra son oreille à M. Nibor, qui acheva le pansement.

« Mais, dit-il, en recueillant ses souvenirs, on ne m'a donc pas fusillé ?

— Non.

— Et je n'ai pas été gelé dans la tour ?

— Pas tout à fait.

— Pourquoi m'a-t-on ôté mon uniforme ? Je devine ! Je suis prisonnier !

— Vous êtes libre.

— Libre ! Vive l'empereur ! Mais alors, pas un moment à perdre ! Combien de lieues d'ici à Dantzig ?

— C'est très-loin.

— Comment appelez-vous cette bicoque ?

— Fontainebleau.

— Fontainebleau ! En France ?

— Seine-et-Marne. Nous allions vous présenter le sous-préfet lorsque vous l'ayez jeté dans la rue.

— Je me fiche pas mal de tous les sous-préfets ! J'ai une mission de l'empereur pour le général Rapp, et il faut que je parte aujourd'hui même pour Dantzig. Dieu sait si j'arriverai à temps !

— Mon pauvre colonel, vous arriveriez trop tard. Dantzig est rendu.

— C'est impossible ? Depuis quand ?

— Depuis tantôt quarante-six ans.

— Tonnerre ! Je n'entends pas qu'on se… moque de moi ! »

M. Nibor lui mit en main un calendrier, et lui dit : « Voyez vous-même ! Nous sommes au 17 août 1859 ; vous vous êtes endormi dans la tour de Liebenfeld le 11 novembre 1813 ; il y a donc quarante-six ans moins trois mois que le monde marche sans vous.

— Vingt-quatre et quarante-six ; mais alors j'aurais soixante-dix ans, à votre compte !

— Votre vivacité montre bien que vous en avez toujours vingt-quatre. »

Il haussa les épaules, déchira le calendrier et dit en frappant du pied le parquet : « Votre almanach est une blague ! »

M. Renault courut à sa bibliothèque, prit une demi-douzaine de volumes au hasard, et lui fit lire, au bas des titres, les dates de 1826, 1833, 1847, 1858.

« Pardonnez-moi, dit Fougas en plongeant sa tête dans ses mains. Ce qui m'arrive est si nouveau ! Je ne crois pas qu'un humain se soit jamais vu à pareille épreuve. J'ai soixante-dix ans ! »

La bonne Mme Renault s'en alla prendre un miroir dans la salle de bain et le lui donna en disant :

« Regardez-vous ! »

Il tenait la glace à deux mains et s'occupait silencieusement à refaire connaissance avec lui-même, lorsqu'un orgue ambulant pénétra dans la cour et joua « Partant pour la Syrie ! »

Fougas lança le miroir contre terre en criant : « Qu'est-ce que vous me contiez donc là ? J'entends la chanson de la reine Hortense ! »

M. Renault lui expliqua patiemment, tout en recueillant les débris du miroir, que la jolie chanson de la reine Hortense était devenue un air national et même officiel, que la musique des régiments, avait substitué cette aimable mélodie à la farouche Marseillaise, et que nos soldats, chose étrange ! ne s'en battaient pas plus mal. Mais déjà le colonel avait ouvert la fenêtre et criait au Savoyard :

« Eh ! l'ami ! Un napoléon pour toi si tu me dis en quelle année je respire ! »

L'artiste se mit à danser le plus légèrement qu'il put, en secouant son moulin à musique.

« Avance à l'ordre ! cria le colonel. Et laisse en repos ta satanée machine !

— Un petit chou, mon bon mouchu !

— Ce n'est pas un sou que je te donnerai, mais un napoléon, si tu me dis en quelle année nous sommes !

— Que ch'est drôle, hi ! hi ! hi !

— Et si tu ne me le dis pas plus vite que ça, je te couperai les oreilles ! »

Le Savoyard s'enfuit, mais il revint tout de suite, comme s'il avait médité au trot la maxime : Qui ne risque rien, n'a rien.

« Mouchu ! dit-il d'une voix pateline, nous chommes en mil huit chent chinquante-neuf.

— Bon ! » cria Fougas. Il chercha de l'argent dans ses poches et n'y trouva rien. Léon vit son embarras, et jeta vingt francs dans la cour. Avant de refermer la fenêtre, il désigna du doigt la façade d'un joli petit bâtiment neuf où le colonel put lire en toutes lettres :

AUDRET, ARCHITECTE
MDCCCLIX.

Renseignement parfaitement clair, et qui ne coûtait pas vingt francs.

Fougas, un peu confus, serra la main de Léon et lui dit :

« Ami, je n'oublierai plus que la confiance est le premier devoir de la reconnaissance envers la bienfaisance. Mais parlez-moi de la patrie ! Je foule le sol sacré où j'ai reçu l'être, et j'ignore les destinées de mon pays. La France est toujours la reine du monde, n'est-il pas vrai ?

— Certainement, dit Léon.

— Comment va l'empereur ?

— Bien.

— Et l'impératrice ?

— Très-bien.

— Et le roi de Rome ?

— Le prince impérial ? C'est un très-bel enfant.

— Comment ! un bel enfant ! Et vous avez le front de dire que nous sommes en 1859 ! »

M. Nibor prit la parole et expliqua en quelques mots que le souverain actuel de la France n'était pas Napoléon Ier, mais Napoléon III.

« Mais alors, s'écria Fougas, mon empereur est mort !

— Oui.

— C'est impossible ! Racontez-moi tout ce que vous voudrez, excepté ça ! Mon empereur est immortel. »

M. Nibor et les Renault, qui n'étaient pourtant pas historiens de profession, furent obligés de lui faire en abrégé l'histoire de notre siècle. On alla chercher un gros livre écrit par M. de Norvins et illustré de belles gravures par Raffet. Il n'accepta la vérité qu'en la touchant du doigt, et encore s'écriait-il à chaque instant : « C'est impossible ! Ce n'est pas de l'histoire que vous me lisez ; c'est un roman écrit pour faire pleurer les soldats ! »

Il fallait, en vérité, que ce jeune homme eût l'âme forte et bien trempée, car il apprit en quarante minutes tous les malheurs que la fortune avait répartis sur dix-huit années, depuis la première abdication jusqu'à la mort du roi de Rome. Moins heureux que ses anciens compagnons d'armes, il n'eut pas un intervalle de repos entre ces chocs terribles et répétés qui frappaient tous son cœur au même endroit. On aurait pu craindre que le coup ne fît balle et que le pauvre Fougas ne mourût dans la première heure de sa vie. Mais ce diable d'homme pliait et rebondissait tour à tour comme un ressort. Il cria d'admiration en écoutant les beaux combats de la campagne de France ; il rugit de douleur en assistant aux adieux de Fontainebleau. Le retour de l'île d'Elbe illumina sa belle et noble figure ; son cœur courut à Waterloo avec la dernière armée de l'Empire, et s'y brisa. Puis il serrait les poings et disait entre ses dents : « Si j'avais été là, à la tête du 23e, Blücher et Wellington auraient bien vu ! » L'invasion, le drapeau blanc, le martyre de Sainte-Hélène, la terreur blanche en Europe, le meurtre de Murat, ce dieu de la cavalerie, la mort de Ney, de Brune, de Mouton Duvernet et de tant d'autres hommes de cœur qu'il avait connus, admirés et aimés, le jetèrent dans une série d'accès de rage ; mais rien ne l'abattit. En écoutant la mort de Napoléon, il jurait de manger le cœur de l'Angleterre ; la lente agonie du pâle et charmant héritier de l'Empire lui inspirait des tentations d'éventrer l'Autriche. Lorsque le drame fut fini et le rideau tombé sur Schœnbrunn, il essuya ses larmes et dit : « C'est bien. J'ai vécu en un instant toute la vie d'un homme. Maintenant, montrez-moi la carte de France ! »

Léon se mit à feuilleter un atlas, tandis que M. Renault essayait de résumer au colonel l'histoire de la Restauration et de la monarchie de 1830. Mais Fougas avait l'esprit ailleurs.

« Qu'est-ce que ça me fait, disait-il, que deux cents bavards de députés aient mis un roi à la place d'un autre ? Des rois ! j'en ai tant vu par terre ! Si l'Empire avait duré dix ans de plus, j'aurais pu me donner un roi pour brosseur ! »

Lorsqu'on lui mit l'atlas sous les yeux, il s'écria d'abord avec un profond dédain : « Ça, la France ! » Mais bientôt deux larmes de tendresse échappées de ses yeux arrosèrent l'Ardèche et la Gironde. Il baisa la carte et dit avec une émotion qui gagna presque tous les assistants :

« Pardonne-moi ma pauvre vieille, d'avoir insulté à ton malheur ! Ces scélérats que nous avions rossés partout, ont profité de mon sommeil pour rogner tes frontières ; mais petite ou grande, riche ou pauvre, tu es ma mère, et je t'aime comme un bon fils ! Voici la Corse, où naquit le géant de notre siècle, voici Toulouse où j'ai reçu le jour ; voilà Nancy, où j'ai senti battre mon cœur, où celle que j'appelais mon Églé m'attend peut-être encore ! France ! tu as un temple dans mon âme ; ce bras t'appartient ; tu me trouveras toujours prêt à verser mon sang jusqu'à la dernière goutte pour te défendre ou te venger ! »

XII

Le premier repas du convalescent.

Le messager que Léon avait envoyé à Moret ne pouvait pas y arriver avant sept heures. En supposant qu'il trouvât ces dames à table chez leurs hôtes, que la grande nouvelle abrégeât le dîner et qu'on mît aisément la main sur une voiture, Clémentine et sa tante seraient probablement à Fontainebleau entre dix et onze heures. Le fils de M. Renault jouissait par avance du bonheur de sa fiancée. Quelle joie pour elle et pour lui, lorsqu'il lui présenterait l'homme miraculeux qu'elle avait défendu contre les horreurs de la tombe, et qu'il avait ressuscité à sa prière !

En attendant, Gothon, heureuse et fière autant qu'elle avait été inquiète et scandalisée, mettait un couvert de douze personnes. Son compagnon de chaîne, jeune rustaud de dix-huit ans, éclos dans la commune des Sablons, l'assistait de ses deux bras et l'amusait de sa conversation.

« Pour lors, mamselle Gothon, disait-il en posant la pile d'assiettes creuses, c'est comme qui dirait un revenant qu'a sorti de sa boîte pour bousculer le commissaire et le souparfait !

– Revenant si on veut, Célestin ; sûr et certain qu'il revient de loin, le pauvre jeune homme ; mais revenant n'est peut-être pas un mot à dire en parlant des maîtres.

— C'est-il donc vrai qu'il va être notre maître aussi, celui-là ? Il en arrive tous les jours de plusse. J'aimerais mieux qu'il arriverait des domestiques ed'renfort !

— Taisez-vous, lézard de paresse ! Quand les messieurs donnent pourboire en s'en allant, vous ne vous plaignez pas de n'être que deux à partager.

— Ah ouiche ! j'ai porté pus de cinquante siaux d'eau pour le faire mijoter, votre colonel, et je sais ben qu'il ne me donnera pas la pièce, n'ayant pas un liard dans ses poches ! Faut croire que l'argent n'est pas en abondance dans le pays d'oùs qu'il revient !

— On dit qu'il a des testaments à hériter du côté de Strasbourg ; un monsieur qui lui a fait tort de sa fortune.

— Dites donc, mamselle Gothon, vous qui lisez tous les dimanches dans un petit livre, oùs qu'il pouvait être logé, not' colonel, du temps qu'il n'était pas de ce monde ?

— Eh ! en purgatoire, donc !

— Alors, pourquoi que vous ne lui demandez pas des nouvelles de ce fameux Baptiste, vot' amouroux de 1837, qui s'a laissé dévaler du haut d'un toit, dont vous lui faites dire tant et tant de messes ? Ils ont dû se rencontrer par là.

— C'est peut-être bien possible.

— À moins que le Baptiste n'en soit sorti, depuis le temps que vous payez pour ça !

— Hé ben ! j'irai ce soir dans la chambre du colonel, et comme il n'est pas fier, il me dira ce qu'il en sait… Mais, Célestin, vous n'en ferez donc jamais d'autres ? Voilà encore que vous m'avez frotté mes couteaux d'entremets en argent sur la pierre à repasser ! »

Les invités arrivaient au salon, où la famille Renault s'était transportée avec M. Nibor et le colonel. On présenta successivement à Fougas le maire de la ville, le docteur Martout, maître Bonnivet, notaire, M. Audret, et trois membres de la commission parisienne ; les trois autres avaient été forcés de repartir avant le dîner. Les convives n'étaient pas des plus rassurés : leurs flancs meurtris par les premiers mouvements de Fougas leur permettaient de supposer qu'ils dîneraient peut-être avec un fou. Mais la curiosité fut plus forte que la peur. Le colonel les rassura bientôt par l'accueil le plus cordial. Il s'excusa de s'être conduit en homme qui revient de l'autre monde. Il causa beaucoup, un peu trop peut-être, mais on était si heureux de l'entendre, et ses paroles empruntaient tant de prix à la singularité des événements, qu'il obtint un succès sans mélange. On lui dit que le docteur Martout avait été un des principaux agents de sa résurrection, avec une autre personne qu'on promit de lui présenter plus tard. Il remercia chaudement M. Martout, et demanda quand il pourrait témoigner sa reconnaissance à l'autre personne. « J'espère, dit Léon, que vous la verrez ce soir. »

On n'attendait plus que le colonel du 23e de ligne, M. Rollon. Il arriva, non sans peine, à travers les flots de peuple qui remplissaient la rue de la Faisanderie. C'était un homme de quarante-cinq ans, voix brève, figure ouverte. Ses cheveux grisonnaient vaguement, mais la moustache brune, épaisse et relevée, se portait bien. Il parlait peu, disait juste, savait beaucoup et ne se vantait pas : somme toute, un beau type de colonel. Il vint droit à Fougas et lui tendit la main comme à une vieille connaissance. « Mon cher camarade, lui dit-il, j'ai pris grand intérêt à votre résurrection, tant en mon propre nom qu'au nom du régiment. Le 23e, que j'ai l'honneur de commander, vous révérait hier comme un ancêtre. À dater de ce jour, il vous chérira comme un ami. » Pas la moindre allusion à la scène du matin, où M. Rollon avait été foulé aussi bien que les autres.

Fougas répondit convenablement, mais avec une nuance de froideur : « Mon cher camarade, dit-il, je vous remercie de vos bons sentiments. Il est singulier que le destin me mette en présence de mon successeur, le jour même où je rouvre les yeux à la lumière ; car enfin je ne suis ni mort ni général, je n'ai pas permuté, on ne m'a pas mis à la retraite, et pourtant je vois un autre officier, plus digne sans doute, à la tête de mon beau 23e. Mais si vous avez pour devise « Honneur et courage, » comme j'en suis d'ailleurs persuadé, je n'ai pas le droit de me plaindre et le régiment est en bonnes mains. »

Le dîner était servi. Mme Renault prit le bras de Fougas. Elle le fit asseoir à sa droite et M. Nibor à sa gauche. Le colonel et le maire prirent leurs places aux côtés de M. Renault ; les autres convives au hasard et sans étiquette.

Fougas engloutit le potage et les entrées, reprenant de tous les plats et buvant en proportion. Un appétit de l'autre monde ! « Estimable amphitryon, dit-il à M. Renault, ne vous effrayez pas de me voir tomber sur les vivres. J'ai toujours mangé de même ; excepté dans la retraite de Russie. Considérez d'ailleurs que je me suis couché hier sans souper, à Liebenfeld. »

Il pria M. Nibor de lui raconter par quelle série de circonstances il était venu de Liebenfeld à Fontainebleau.

« Vous rappelez-vous, dit le docteur, un vieil Allemand qui vous a servi d'interprète devant le conseil de guerre ?

— Parfaitement. Un brave homme qui avait une perruque violette. Je m'en souviendrai toute ma vie, car il n'y a pas deux perruques de cette couleur-là.

— Eh bien ! c'est l'homme à la perruque violette, autrement dit le célèbre docteur Meiser, qui vous a conservé la vie.

— Où est-il ? je veux le voir, tomber dans ses bras, lui dire…

— Il avait soixante-huit ans passés lorsqu'il vous rendit ce petit service : il serait donc aujourd'hui dans sa cent quinzième année s'il avait attendu vos remercîments.

— Ainsi donc il n'est plus ! La mort l'a dérobé à ma reconnaissance !

— Vous ne savez pas encore tout ce que vous lui devez. Il vous a légué, en 1824, une fortune de trois cent soixante-quinze mille francs, dont vous êtes le légitime propriétaire. Or comme un capital placé à cinq pour cent se double en quatorze ans, grâce aux intérêts composés, vous possédiez, en 1838, une bagatelle de sept cent cinquante mille francs ; en 1852, un million et demi. Enfin, s'il vous plaît de laisser vos fonds entre les mains de M. Nicolas Meiser, de Dantzig, cet honnête homme vous devra trois millions au commencement de 1866, ou dans sept ans. Nous vous donnerons ce soir une copie du testament de votre bienfaiteur ; c'est une pièce très-instructive que vous pourrez méditer en vous mettant au lit.

— Je la lirai volontiers, dit le colonel Fougas. Mais l'or est sans prestige à mes yeux. L'opulence engendre la mollesse. Moi ! languir dans la lâche oisiveté de Sybaris ! Efféminer mes sens sur une couche de roses, jamais ! L'odeur de la poudre m'est plus chère que tous les parfums de l'Arabie. La vie n'aurait pour moi ni charmes ni saveur s'il me fallait renoncer au tumulte enivrant des armes. Et le jour où l'on vous dira que Fougas ne marche plus dans les rangs de l'armée, vous pourrez répondre hardiment : « C'est que Fougas n'est plus ! »

Il se tourna vers le nouveau colonel du 23e et lui dit :

« Ô vous, mon cher camarade, dites-leur que le faste insolent de la richesse est mille fois moins doux que l'austère simplicité du soldat ! Du colonel, surtout ! Les colonels sont les rois de l'armée. Un colonel est moins qu'un général, et pourtant il a quelque chose de plus. Il vit plus avec le soldat, il pénètre plus avant dans l'intimité de la troupe. Il est le père, le juge, l'ami de son régiment. L'avenir de chacun de ses hommes est dans ses mains ; le drapeau est déposé sous sa tente ou dans sa chambre. Le colonel et le drapeau ne sont pas deux, l'un est l'âme, l'autre est le corps ! »

Il demanda à M. Rollon la permission d'aller revoir et embrasser le drapeau du 23e.

« Vous le verrez demain matin, répondit le nouveau colonel, si vous me faites l'honneur de déjeuner chez moi avec quelques-uns de mes officiers. »

Il accepta l'invitation avec enthousiasme et se jeta dans mille questions sur la solde, la masse, l'avancement, le cadre de réserve, l'uniforme, le grand et petit équipement, l'armement, la théorie. Il comprit sans difficulté les avantages du fusil à piston, mais on essaya vainement de lui expliquer le canon rayé. L'artillerie n'était pas son fort ; il avouait pourtant que Napoléon avait dû plus d'une victoire à sa belle artillerie.

Tandis que les innombrables rôtis de Mme Renault se succédaient sur la table, Fougas demanda, mais sans perdre un coup de dent, quelles étaient les principales guerres de l'année, combien de nations la France avait sur les bras, si l'on ne pensait pas enfin à recommencer la conquête du monde ? Les renseignements qu'on lui donna, sans le satisfaire complètement, ne lui ôtèrent pas toute espérance.

« J'ai bien fait d'arriver, dit-il, il y a de l'ouvrage. »

Les guerres d'Afrique ne le séduisaient pas beaucoup, quoique le 23e eût conquis là-bas un bel accroissement de gloire.

« Comme école, c'est bon, disait-il. Le soldat doit s'y former autrement que dans les jardins de Tivoli, derrière les jupons des nourrices. Mais pourquoi diable ne flanque-t-on pas cinq cent mille hommes sur le dos de l'Angleterre ? L'Angleterre est l'âme de la coalition, je ne vous dis que ça ! »

Que de raisonnements il fallut pour lui faire comprendre la campagne de Crimée, où les Anglais avaient combattu à nos côtés !

« Je comprends, disait-il, qu'on tape sur les Russes : ils m'ont fait manger mon meilleur cheval. Mais les Anglais sont mille fois pires ! Si ce jeune homme (l'empereur Napoléon III) ne le sait pas, je le lui dirai. Il n'y a pas de quartier possible après ce qu'ils viennent de faire à Sainte-Hélène ! Si j'avais été en Crimée, commandant en chef, j'aurais commencé par rouler proprement les Russes ; après quoi je me serais retourné contre les Anglais, et je les aurais flanqués dans la mer, qui est leur élément ! »

On lui donna quelques détails sur la campagne d'Italie et il fut charmé d'apprendre que le 23e avait pris une redoute sous les yeux du maréchal duc de Solfefino.

« C'est la tradition du régiment, dit-il en pleurant dans sa serviette. Ce brigand de 23e n'en fera jamais d'autres ! La déesse des Victoires l'a touché de son aile. »

Ce qui l'étonna beaucoup, par exemple, c'est qu'une guerre de cette importance se fût terminée en si peu de temps. Il fallut lui apprendre que depuis quelques années on avait trouvé le secret de transporter cent mille hommes, en quatre jours, d'un bout à l'autre de l'Europe.

« Bon ! disait-il, j'admets la chose. Ce qui m'étonne, c'est que l'empereur ne l'ait pas inventée en 1810, car il avait le génie des transports, le génie des intendances, le génie des bureaux, le génie de tout ! Mais enfin les Autrichiens se sont défendus, et il n'est pas possible qu'en moins de trois mois vous soyez arrivés à Vienne.

— Nous ne sommes pas allés si loin, en effet.

— Vous n'avez pas poussé jusqu'à Vienne ?

— Non.

— Eh bien, alors, où avez-vous donc signé la paix ?

— À Villafranca.

— À Villafranca ? C'est donc la capitale de l'Autriche ?

— Non, c'est un village d'Italie.

— Monsieur, je n'admets pas qu'on signe la paix ailleurs que dans les capitales. C'était notre principe, notre A B C, le paragraphe premier de la Théorie. Il paraît que le monde a bien changé depuis que je ne suis plus là. Mais patience ! »

Ici, la vérité m'oblige à dire que Fougas se grisa au dessert. Il avait bu et mangé comme un héros d'Homère et parlé plus copieusement que Cicéron dans ses bons jours. Les fumées du vin, de la viande et de l'éloquence lui montèrent au cerveau. Il devint familier, tutoya les uns, rudoya les autres et lâcha un torrent d'absurdités à faire tourner quarante moulins. Son ivresse n'avait rien de brutal et surtout rien d'ignoble ; ce n'était que le débordement d'un esprit jeune, aimant, vaniteux et déréglé. Il porta cinq ou six toasts : à la gloire, à l'extension de nos frontières, à la destruction du dernier des Anglais, à Mlle Mars, espoir de la scène française, à la sensibilité, lien fragile, mais cher, qui unit l'amant à son objet, le père à son fils, le colonel à son régiment !

Son style, singulier mélange de familiarité et d'emphase, provoqua plus d'un sourire dans l'auditoire. Il s'en aperçut, et un reste de défiance s'éveilla au fond de son cœur. De temps à autre, il se demandait tout haut si ces gens-là n'abusaient point de sa naïveté.

« Malheur ! s'écriait-il, malheur à ceux qui voudraient me faire prendre des vessies pour des lanternes ! La lanterne éclaterait comme une bombe et porterait le deuil aux environs ! »

Après de tels discours, il ne lui restait plus qu'à rouler sous la table, et ce dénoûment était assez prévu. Mais le colonel appartenait à une génération d'hommes robustes, accoutumés à plus d'un genre d'excès, aussi forts contre le plaisir que contre les dangers, les privations et les fatigues. Lorsque Mme Renault remua sa chaise pour indiquer que le repas était fini, Fougas se leva sans effort, arrondit son bras avec grâce et conduisit sa voisine au salon. Sa démarche était un peu roide, et tout d'une pièce, mais il allait droit devant lui, et ne trébuchait point. Il prit deux tasses de café et passablement de liqueurs alcooliques, après quoi il se mit à causer le plus raisonnablement du monde. Vers dix heures, M. Martout ayant exprimé le désir d'entendre son histoire, il se plaça lui-même sur la sellette, se recueillit un instant et demanda un verre d'eau sucrée. On s'assit en cercle autour de lui et il commença le discours suivant, dont le style un peu suranné se recommande à votre indulgence.

XIII

Histoire du colonel Fougas, racontée par lui-même.

« N'espérez pas que j'émaille mon récit de ces fleurs plus agréables que solides, dont l'imagination se pare quelquefois pour farder la vérité. Français et soldat, j'ignore doublement la feinte. C'est l'amitié qui m'interroge, c'est la franchise qui répondra.

« Je suis né de parents pauvres, mais honnêtes, au seuil de cette année féconde et glorieuse qui éclaira le Jeu de Paume d'une aurore de liberté. Le Midi fut ma patrie ; la langue aimée des troubadours fut celle que je bégayai au berceau. Ma naissance coûta le jour à ma mère. L'auteur des miens, modeste possesseur d'un champ, trempait son pain dans la sueur du travail. Mes premiers jeux ne furent pas ceux de l'opulence. Les cailloux bigarrés qu'on ramasse sur la rive et cet insecte bien connu que l'enfance fait voltiger libre et captif au bout d'un fil, me tinrent lieu d'autres joujoux.

« Un vieux ministre des autels, affranchi des liens ténébreux du fanatisme et réconcilié avec les institutions nouvelles de la France, fut mon Chiron et mon Mentor. Il me nourrit de la forte moelle des lions de Rome et d'Athènes ; ses lèvres distillaient à mes oreilles le miel embaumé de la sagesse. Honneur à toi, docte et respectable vieillard, qui m'a donné les premières leçons de la science et les premiers exemples de la vertu !

« Mais déjà cette atmosphère de gloire que le génie d'un homme et la vaillance d'un peuple firent flotter sur la patrie, enivrait tous mes sens et faisait palpiter ma jeune âme. La France, au lendemain du volcan de la guerre civile, avait réuni ses forces en faisceau pour les lancer contre l'Europe, et le monde étonné, sinon soumis, cédait à l'essor du torrent déchaîné. Quel homme, quel Français aurait pu voir avec indifférence cet écho de la victoire répercuté par des millions de cœurs ?

« À peine au sortir de l'enfance, je sentis que l'honneur est plus précieux que la vie. La mélodie guerrière des tambours arrachait à mes yeux des larmes mâles et courageuses. « Et moi aussi, disais-je en suivant la musique des régiments dans les rues de Toulouse, je veux cueillir des lauriers, dussé-je les arroser de mon sang ! » Le pâle olivier de la paix n'obtenait que mes mépris. C'est en vain qu'on célébrait les triomphes pacifiques du barreau, les molles délices du commerce ou de la finance. À la toge de nos Cicérons, à la simarre de nos magistrats, au siège curule de nos législateurs, à l'opulence de nos Mondors, je préférais le glaive. On aurait dit que j'avais sucé le lait de Bellone. « Vaincre ou mourir » était déjà ma devise, et je n'avais pas seize ans !

« Avec quel noble mépris j'entendais raconter l'histoire de nos protées de la politique ! De quel regard dédaigneux je bravais les Turcarets de la finance, vautrés sur les coussins d'un char magnifique, et conduits par un automédon galonné vers le boudoir de quelque Aspasie ! Mais si j'entendais redire les prouesses des chevaliers de la Table ronde, ou célébrer en vers élégants la vaillance des croisés ; si le hasard mettait sous ma main les hauts faits de nos modernes Rolands, retracés dans un bulletin de l'armée par l'héritier de Charlemagne, une flamme avant-courrière du feu des combats s'allumait dans mes yeux juvéniles.

« Ah ! c'était trop languir, et mon frein rongé par l'impatience allait peut-être se rompre, quand la sagesse d'un père le délia.

« Pars, me dit-il, en essayant, mais en vain, de retenir ses larmes. Ce n'est pas un tyran qui t'a engendré, et je n'empoisonnerai pas le jour que je t'ai donné moi-même. J'espérais que ta main resterait dans notre chaumière pour me fermer les yeux, mais lorsque le patriotisme a parlé, l'égoïsme doit se taire. Mes vœux te suivront désormais sur les champs où Mars moissonne les héros. Puisses-tu mériter la palme du courage et te montrer bon citoyen comme tu as été bon fils ! »

« Il dit et m'ouvrit ses bras. J'y tombai, nous confondîmes nos pleurs, et je promis de revenir au foyer dès que l'étoile de l'honneur se suspendrait à ma poitrine. Mais hélas ! l'infortuné ne devait plus me revoir. La Parque, qui dorait déjà le fil de mes jours, trancha le sien sans pitié. La main d'un étranger lui ferma la paupière, tandis que je gagnais ma première épaulette à la bataille d'Iéna.

« Lieutenant à Eylau, capitaine à Wagram et décoré de la propre main de l'empereur sur le champ de bataille, chef de bataillon devant Almeida, lieutenant colonel à Badajoz, colonel à la Moskowa, j'ai savouré à pleins bords la coupe de la victoire. J'ai bu aussi le calice de l'adversité. Les plaines glacées de la Russie m'ont vu seul, avec un peloton de braves, dernier reste de mon régiment, dévorer la dépouille mortelle de celui qui m'avait porté tant de fois jusqu'au sein des bataillons ennemis. Tendre et fidèle compagnon de mes dangers, déferré par accident auprès de Smolensk, il dévoua ses mânes eux-mêmes au salut de son maître et fit un rempart de sa peau à mes pieds glacés et meurtris.

« Ma langue se refuse à retracer le récit de nos hasards dans cette funeste campagne. Je l'écrirai peut-être un jour avec une plume trempée dans les larmes… les larmes, tribut de la faible humanité. Surpris par la saison des frimas dans une zone glacée, sans feu, sans pain, sans souliers, sans moyens de transport, privés des secours de l'art d'Esculape, harcelés par les Cosaques, dépouillés par les paysans, véritables vampires, nous voyions nos foudres muets, tombés au pouvoir de l'ennemi, vomir la mort contre nous-mêmes. Que vous dirai-je encore ? Le passage de la Bérésina, l'encombrement de Wilna, tout le tremblement de tonnerre de nom d'un chien… mais je sens que la douleur m'égare et que ma parole va s'empreindre de l'amertume de ces souvenirs.

« La nature et l'amour me réservaient de courtes mais précieuses consolations. Remis de mes fatigues, je coulai des jours heureux sur le sol de la patrie, dans les paisibles vallons de Nancy. Tandis que nos phalanges s'apprêtaient à de nouveaux combats, tandis que je rassemblais autour de mon drapeau trois mille jeunes mais valeureux guerriers, tous résolus de frayer à leurs neveux le chemin de l'honneur, un sentiment nouveau que j'ignorais encore se glissa furtivement dans mon âme.

« Ornée de tous les dons de la nature, enrichie des fruits d'une excellente éducation, la jeune et intéressante Clémentine sortait à peine des ténèbres de l'enfance pour entrer dans les douces illusions de la jeunesse. Dix-huit printemps formaient son âge ; les auteurs de ses jours offraient à quelques chefs de l'armée une hospitalité qui, pour n'être pas gratuite, n'en était pas moins cordiale. Voir leur fille et l'aimer fut pour moi l'affaire d'un jour. Son cœur novice sourit à ma flamme : aux premiers aveux qui me furent dictés par la passion, je vis son front se colorer d'une aimable pudeur. Nous échangeâmes nos serments par une belle soirée de juin, sous une tonnelle où son heureux père versait quelquefois aux officiers altérés la brune liqueur du Nord. Je jurai qu'elle serait ma femme, elle promit de m'appartenir ; elle fit plus encore. Notre bonheur ignoré de tous eut le calme d'un ruisseau dont l'onde pure n'est point troublée par l'orage, et qui, coulant doucement entre des rives fleuries, répand la fraîcheur dans le bocage qui protège son modeste cours.

« Un coup de foudre nous sépara l'un de l'autre, au moment où la loi et les autels s'apprêtaient à cimenter des nœuds si doux. Je partis avant d'avoir pu donner mon nom à celle qui m'avait donné son cœur. Je promis de revenir, elle promit de m'attendre, et je m'échappai de ses bras tout baigné de ses larmes, pour courir aux lauriers de Dresde et aux cyprès de Leipzig. Quelques lignes de sa main arrivèrent jusqu'à moi dans l'intervalle des deux batailles : « Tu seras père, » me disait-elle. Le suis-je ? Dieu le sait ! M'a-t-elle attendu ? Je le crois. L'attente a dû lui paraître longue auprès du berceau de cet enfant qui a quarante-six ans aujourd'hui et qui pourrait à son tour être mon père !

« Pardonnez-moi de vous entretenir si longtemps de l'infortune. Je voulais passer rapidement sur cette lamentable histoire, mais le malheur de la vertu a quelque chose de doux qui tempère l'amertume de la douleur !

« Quelques jours après le désastre de Leipzig, le géant de notre siècle me fit appeler dans sa tente et me dit :

« — Colonel, êtes-vous homme à traverser quatre armées ?

« — Oui, sire.

« — Seul et sans escorte ?

« — Oui, sire.

« — Il s'agit de porter une lettre à Dantzig.

« — Oui, sire.

« — Vous la remettrez au général Rapp, en main propre.

« — Oui, sire.

« — Il est probable que vous serez pris ou tué.

« — Oui, sire.

« — C'est pourquoi j'envoie deux autres officiers avec des copies de la même dépêche. Vous êtes trois, les ennemis en tueront deux, le troisième arrivera, et la France sera sauvée.

« — Oui, sire.

« — Celui qui reviendra sera général de brigade.

« — Oui, sire. »

« Tous les détails de cet entretien, toutes les paroles de l'empereur, toutes les réponses que j'eus l'honneur de lui adresser sont encore gravés dans ma mémoire. Nous partîmes séparément tous les trois. Hélas ! aucun de nous ne parvint au but de son courage, et j'ai appris aujourd'hui que la France n'avait pas été sauvée. Mais quand je vois des pékins d'historiens raconter que l'empereur oublia d'envoyer des ordres au général Rapp, j'éprouve une funeste démangeaison de leur couper… au moins la parole.

« Prisonnier des Russes dans un village allemand, j'eus la consolation d'y trouver un vieux savant qui me donna la preuve d'amitié la plus rare. Qui m'aurait dit, lorsque je cédai à l'engourdissement du froid dans la tour de Liebenfeld, que ce sommeil ne serait pas le dernier ? Dieu m'est témoin qu'en adressant du fond du cœur un suprême adieu à Clémentine, je ne me flattais plus de la revoir jamais. Je te reverrai donc, ô douce et confiante Clémentine, toi la meilleure de toutes les épouses et probablement de toutes les mères ! Que dis-je ? Je la revois ! Mes yeux ne me trompent pas ! C'est bien elle ! La voilà telle que je l'ai quittée ! Clémentine ! dans mes bras ! sur mon cœur ! Ah çà ! qu'est-ce que vous me chantiez donc, vous autres ? Napoléon n'est pas mort et le monde n'a pas vieilli de quarante-six ans, puisque Clémentine est toujours la même ! »

La fiancée de Léon Renault venait d'entrer dans le salon, et elle demeura pétrifiée en se voyant si bien accueillie par le colonel.

XIV

Le jeu de l'amour et de l'espadon.

Comme elle hésitait visiblement à se laisser tomber dans ses bras, Fougas imita Mahomet : il courut à la montagne.

« Ô Clémentine ! dit-il en la couvrant de baisers, les destins amis te rendent à ma tendresse ! Je retrouve la compagne de ma vie et la mère de mon enfant ! »

La jeune fille ébahie ne songeait pas même à se défendre. Heureusement, Léon Renault l'arracha des mains du colonel et s'interposa en homme résolu à défendre son bien.

« Monsieur ! s'écria-t-il en serrant les poings, vous vous trompez de tout, si vous croyez connaître mademoiselle. Elle n'est pas de votre temps, mais du nôtre ; elle n'est pas votre fiancée, mais la mienne ; elle n'a jamais été la mère de votre enfant, et je compte qu'elle sera la mère des miens ! »

Fougas était de fer. Il saisit son rival par le bras, le fit pirouetter comme une toupie et se remit en face de la jeune fille.

« Es-tu Clémentine ? lui dit-il.

— Oui, monsieur.

— Vous êtes tous témoins qu'elle est ma Clémentine ! »

Léon revint à la charge et saisit le colonel par le collet de sa redingote, au risque de se faire briser contre les murs :

« Assez plaisanté, lui dit-il. Vous n'avez peut-être pas la prétention d'accaparer toutes les Clémentine de la terre ? Mademoiselle s'appelle Clémentine Sambucco ; elle est née à la Martinique, où vous n'avez jamais mis les pieds, si j'en crois ce que vous avez conté tout à l'heure. Elle a dix-huit ans…

— L'autre aussi !

— Eh ! l'autre en a soixante-quatre aujourd'hui, puisqu'elle en avait dix-huit en 1813. Mlle Sambucco est d'une famille honorable et connue. Son père, M. Sambucco, était magistrat ; son grand-père appartenait à l'administration de la guerre. Vous voyez qu'elle ne vous touche ni de près ni de loin ; et le bon sens et la politesse, sans parler de la reconnaissance, vous font un devoir de la laisser en paix ! »

Il poussa le colonel à son tour et le fit tomber entre les bras d'un fauteuil.

Fougas rebondit comme si on l'avait jeté sur un million de ressorts. Mais Clémentine l'arrêta d'un geste et d'un sourire.

« Monsieur, lui dit-elle de sa voix la plus caressante, ne vous emportez pas contre lui ; il m'aime.

— Raison de plus, sacrebleu ! »

Il se calma cependant, fit asseoir la jeune fille à ses côtés, et l'examina des pieds à la tête avec toute l'attention imaginable.

« C'est bien elle, dit-il. Ma mémoire, mes yeux, mon cœur, tout en moi la reconnaît et me dit que c'est elle ! Et pourtant le témoignage des hommes, le calcul du temps et des distances, en un mot, l'évidence elle-même semble avoir pris à tâche de me convaincre d'erreur. Se peut-il donc que deux femmes, se ressemblent à tel point ? Suis-je victime d'une illusion des sens ? N'ai-je recouvré la vie que pour perdre l'esprit ? Non ; je me reconnais, je me retrouve moi-même ; mon jugement ferme et droit s'oriente sans trouble et sans hésitation dans ce monde si bouleversé et si nouveau. Il n'est qu'un point où ma raison chancelle : Clémentine ! je crois te revoir et tu n'es pas toi ! Eh ! qu'importe, après tout ? Si le destin qui m'arrache à la tombe a pris soin d'offrir à mon réveil le portrait de celle que j'aimais, c'est sans doute parce qu'il a résolu de me rendre l'un après l'autre tous les biens que j'ai perdus. Dans quelques jours, mes épaulettes ; demain, le drapeau du 23e de ligne ; aujourd'hui, cet adorable visage qui a fait battre mon cœur pour la première fois ! Vivante image du passé le plus riant et le plus cher, je tombe à tes genoux ; sois mon épouse ! ».

Ce diable d'homme unit le geste à la parole, et les témoins de cette scène imprévue ouvrirent de grands yeux. Mais la tante de Clémentine, l'austère Mlle Sambucco, jugea qu'il était temps de montrer son autorité. Elle allongea vers Fougas ses grandes mains sèches, le redressa énergiquement, et lui dit de sa voix la plus aigre :

« Assez, monsieur ; il est temps de mettre un terme à cette farce scandaleuse. Ma nièce n'est pas pour vous ; je l'ai promise et donnée. Sachez qu'après-demain, 19 du mois, à dix heures du matin, elle épousera M. Léon Renault, votre bienfaiteur !

— Et moi je m'y oppose ; entendez-vous, la tante ? Et, si elle fait mine d'épouser ce garçon…

— Que ferez-vous ?

— Je la maudirai ! »

Léon ne put s'empêcher de rire. La malédiction de ce colonel de vingt-quatre ans lui semblait plus comique que terrible. Mais Clémentine pâlit, fondit en larmes et tomba à son tour aux genoux de Fougas.

« Monsieur, s'écria-t-elle en lui baisant les mains, n'accablez pas une pauvre fille qui vous vénère, qui vous aime, qui vous sacrifiera son bonheur si vous l'exigez ! Par toutes les marques de tendresse que je vous ai prodiguées depuis un mois, par les pleurs que j'ai répandus sur votre cercueil, par le zèle respectueux que j'ai mis à presser votre résurrection, je vous conjure de nous pardonner nos offenses. Je n'épouserai pas Léon si vous me le défendez ; je ferai ce qui vous plaira ; je vous obéirai en toutes choses ; mais, pour Dieu ! ne me donnez pas votre malédiction !

— Embrasse-moi, dit Fougas. Tu cèdes, je pardonne. »

Clémentine se releva toute rayonnante de joie et lui tendit son beau front. La stupéfaction des assistants, et surtout des intéressés, est plus facile à deviner qu'à dépeindre. Une ancienne momie dictant des lois, rompant des mariages et imposant ses volontés dans la maison ! La jolie petite Clémentine, si raisonnable, si obéissante, si heureuse d'épouser Léon Renault, sacrifiant tout à coup ses affections, son bonheur et presque son devoir au caprice d'un intrus ! M. Nibor avoua que c'était à perdre la tête. Quant à Léon, il eût donné du front contre tous les murs si sa mère ne l'avait retenu. « Ah ! mon pauvre enfant, lui disait-elle, pourquoi nous as-tu rapporté ça de Berlin ? — C'est ma faute ! criait M. Renault. — Non, reprenait le docteur Martout, c'est la mienne. » Les membres de la commission parisienne discutaient avec M. Rollon sur la nouveauté du cas. « Avaient-ils ressuscité un fou ? La révivification avait-elle produit quelques désordres dans le système nerveux ? Était-ce l'abus du vin et des boissons durant ce premier repas qui avait causé un transport au cerveau ? Quelle autopsie curieuse, si l'on pouvait, séance tenante, disséquer maître Fougas ! « Vous auriez beau faire, messieurs, disait le colonel du 23e. L'autopsie expliquerait peut-être le délire de ce malheureux, mais elle ne rendrait pas compte de l'impression produite sur la jeune fille. Était-ce de la fascination, du magnétisme, ou quoi ? »

Tandis que les amis et les parents pleuraient, discutaient et bourdonnaient autour de lui, Fougas, souriant et serein, se mirait dans les yeux de Clémentine, qui le regardait aussi tendrement.

« Il faut en finir à la fin ! s'écria Virginie Sambucco, la sévère. Viens, Clémentine ! »

Fougas parut étonné.

« Elle n'habite donc pas chez nous ?

— Non, monsieur, elle demeure chez moi !

— Alors je vais la reconduire. Ange ! veux-tu prendre mon bras ?

— Oh ! oui, monsieur ! avec bien du plaisir. »

Léon grinçait des dents.

« C'est admirable ! Il la tutoie et elle trouve cela tout naturel ! »

Il chercha son chapeau pour sortir au moins avec la tante, mais son chapeau n'était plus là ; Fougas, qui n'en possédait point, l'avait pris sans façon. Le pauvre amoureux se coiffa d'une casquette et suivit Fougas et Clémentine avec la respectable Virginie, dont le bras coupait comme une faux.

Par un hasard qui se renouvelait presque tous les jours, le colonel de cuirassiers se rencontra sur le passage de Clémentine. La jeune fille le fit remarquer à Fougas.

« C'est M. du Marnet, lui dit-elle. Son café est au bout de notre rue, et son appartement du côté du parc. Je le crois fort épris de ma petite personne, mais il ne m'a jamais plu. Le seul homme pour qui mon cœur ait battu, c'est Léon Renault.

— Eh bien, et moi ? dit Fougas.

— Oh ! vous, c'est autre chose. Je vous respecte et je vous crains. Il me semble que vous êtes un bon et respectable parent.

— Merci !

— Je vous dis la vérité, autant que je peux la lire dans mon cœur. Tout cela n'est pas bien clair, je l'avoue, mais je ne me comprends pas moi-même.

— Fleur azurée de l'innocence, j'adore ton aimable embarras. Laisse faire l'amour, il te parlera bientôt en maître !

— Je n'en sais rien ; c'est possible… Nous voici chez nous. Bonsoir, monsieur ; embrassez-moi !… Bonne nuit, Léon ; ne vous querellez pas avec M. Fougas : je l'aime de toutes mes forces, mais je vous aime autrement, vous ! »

La tante Virginie ne répondit point au bonsoir de Fougas. Quand les deux hommes furent seuls dans la rue, Léon marcha sans dire mot jusqu'au prochain réverbère. Arrivé là, il se campa résolument en face du colonel, et lui dit :

« Ah çà ! monsieur, expliquons-nous, tandis que nous sommes seuls. Je ne sais par quel philtre ou quelle incantation vous avez pris sur ma future un si prodigieux empire ; mais je sais que je l'aime, que j'en suis aimé depuis plus de quatre ans, et que je ne reculerai devant aucun moyen pour la conserver et la défendre.

— Ami, répondit Fougas, tu peux me braver impunément : mon bras est enchaîné par la reconnaissance. On n'écrira pas dans l'histoire : « Pierre-Victor fut ingrat ! »

— Est-ce qu'il y aurait plus d'ingratitude à vous couper la gorge avec moi qu'à me voler ma femme ?

— Ô mon bienfaiteur ! sache comprendre et pardonner ! À Dieu ne plaise que j'épouse Clémence malgré toi, malgré elle. C'est d'elle et de toi-même que je veux l'obtenir. Songe qu'elle m'est chère, non pas depuis quatre ans comme à toi, mais depuis tout près d'un demi-siècle. Considère que je suis seul ici bas, et que son doux visage est mon unique consolation. Toi qui m'as donné la vie, me défends-tu de vivre heureux ? Ne m'as-tu rappelé au monde que pour me livrer à la douleur ?... Tigre ! reprends-moi donc le jour que tu m'as rendu, si tu ne veux pas que je le consacre à l'adorable Clémentine !

— Parbleu ! mon cher, vous êtes superbe ! Il faut que l'habitude des conquêtes vous ait totalement faussé l'esprit. Mon chapeau est à votre tête, vous le prenez, soit ! Mais parce que ma future vous rappelle vaguement une demoiselle de Nancy, il faudra que je vous la cède ? Halte-là !

— Ami, je te rendrai ton chapeau dès que tu m'en auras acheté un neuf, mais ne me demande pas de renoncer à Clémentine. Sais-tu d'abord si elle renoncerait à moi ?

— J'en suis sûr !

— Elle m'aime.

— Vous êtes fou !

— Tu l'as vue à mes pieds.

— Qu'importe ? C'est de la peur, c'est du respect, c'est de la superstition, c'est le diable si vous voulez ; ce n'est pas de l'amour !

— Nous verrons bien, après six mois de mariage.

— Mais, s'écria Léon Renault, avez-vous le droit de disposer de vous-même ? Il y a une autre Clémentine, la vraie ; elle vous a tout sacrifié ; vous êtes engagé d'honneur envers elle ; le colonel Fougas est-il sourd à la voix de l'honneur ?

— Te moques-tu ?… Que moi, j'épouse une femme de soixante-quatre ans ?

— Vous le devez ! sinon pour elle, au moins pour votre fils.

— Mon fils est grand garçon ; il a quarante-six ans, il n'a plus besoin de mon appui.

— Il a besoin de votre nom.

— Je l'adopterai.

— La loi s'y oppose ! Vous n'êtes pas âgé de cinquante ans, et il n'a pas quinze ans de moins que vous, au contraire !

— Eh bien ! je le légitimerai en épousant la jeune Clémentine !

— Comment voulez-vous qu'elle reconnaisse un enfant qui a plus du double de son âge ?

— Mais alors je ne peux pas le reconnaître non plus, et je n'ai pas besoin d'épouser la vieille ! D'ailleurs, je suis bien bon de me casser la tête pour un fils qui est peut-être mort… que dis-je ? il n'est peut-être pas venu à terme ! J'aime et je suis aimé, voilà le solide et le certain, et tu seras mon garçon de noces !

— Pas encore ! Mlle Sambucco est mineure, et son tuteur est mon père.

— Ton père est un honnête homme ; et il n'aura pas la bassesse de me la refuser.

— Au moins vous demandera-t-il si vous avez une position, un rang, une fortune à offrir à sa pupille !

— Ma position ? colonel ; mon rang ? colonel ; ma fortune ? la solde du colonel. Et les millions de Dantzig ! il ne faut pas que je les oublie… Nous voici à la maison ; donne-moi le testament de ce bon vieux qui portait une perruque lilas ; donne-moi aussi des livres d'histoire, beaucoup de livres, tous ceux où l'on parle de Napoléon ! »

Le jeune Renault obéit tristement au maître qu'il s'était donné lui-même. Il conduisit Fougas dans une bonne chambre, lui remit le testament de M. Meiser et tout un rayon de bibliothèque, et souhaita le bonsoir à son plus mortel ennemi. Le colonel l'embrassa de force et lui dit :

« Je n'oublierai jamais que je te dois la vie et Clémentine. À demain, noble et généreux enfant de ma patrie ! à demain ! »

Léon redescendit au rez-de-chaussée, passa devant la salle à manger, où Gothon essuyait les verres et mettait l'argenterie en ordre, et rejoignit son père et sa mère, qui l'attendaient au salon. Les invités étaient partis, les bougies éteintes. Une seule lampe éclairait la solitude ; les deux mandarins de l'étagère, immobiles dans leur coin obscur, semblaient méditer gravement sur les caprices de la fortune.

« Hé bien ? demanda Mme Renault.

— Je l'ai laissé dans sa chambre, plus fou et plus obstiné que jamais. Cependant, j'ai une idée.

— Tant mieux ! dit le père, car nous n'en avons plus. La douleur nous a rendus stupides. Pas de querelles, surtout ! Ces soldats de l'Empire étaient des ferrailleurs terribles.

— Oh ! je n'ai pas peur de lui ! C'est Clémentine qui m'épouvante. Avec quelle douceur et quelle soumission elle écoutait ce maudit bavard !

— Le cœur de la femme est un abîme insondable. Enfin ! que penses-tu faire ? »

Léon développa longuement le projet qu'il avait conçu dans la rue, au milieu de sa conversation avec Fougas.

« Ce qui presse le plus, dit-il, c'est de soustraire Clémentine à cette influence. Qu'il s'éloigne demain, la raison reprend son empire, et nous nous marions après-demain. Cela fait, je réponds du reste.

— Mais comment éloigner un acharné pareil ?

— Je ne vois qu'un seul moyen, mais il est presque infaillible : exploiter sa passion dominante. Ces gens-là s'imaginent parfois qu'ils sont amoureux, mais, dans le fond, ils n'aiment que la poudre. Il s'agit de rejeter Fougas dans le courant des idées guerrières. Son déjeuner de demain chez le colonel du 23e sera une bonne préparation. Je lui ai fait entendre aujourd'hui qu'il devait avant tout réclamer son grade et ses épaulettes, et il a donné dans le panneau. Il ira donc à Paris. Peut-être y trouvera-t-il quelques culottes de peau de sa connaissance ; dans tous les cas, il rentrera au service. Les occupations de son état feront une diversion puissante ; il ne songera plus à Clémentine, que j'aurai mise en sûreté. C'est à nous de lui fournir les moyens de courir le monde ; mais tous les sacrifices d'argent ne sont rien auprès de ce bonheur que je veux sauver. »

Mme Renault, femme d'ordre, blâmait un peu la générosité de son fils.

« Le colonel est un ingrat, disait-elle. On a déjà trop fait en lui rendant la vie. Qu'il se débrouille maintenant !

— Non, dit le père. Nous n'avons pas le droit de le renvoyer tout nu. Bienfait oblige. »

Cette délibération qui avait duré cinq bons quarts d'heure fut interrompue par un fracas épouvantable. On eût dit que la maison croulait.

« C'est encore lui ! s'écria Léon. Sans doute un accès de folie furieuse ! »

Il courut, suivi de ses parents, et monta les escaliers quatre à quatre. Une chandelle brûlait au seuil de la chambre. Léon la prit et poussa la porte entr'ouverte.

Faut-il vous l'avouer ? l'espérance et la joie lui parlaient plus haut que la crainte. Il se croyait déjà débarrassé du colonel. Mais le spectacle qui s'offrit à ses yeux détourna brusquement le cours de ses idées, et cet amoureux inconsolable se mit à rire comme un fou. Un bruit de coups de pied, de coups de poing et de soufflets ; un groupe informe roulant sur le parquet dans les convulsions d'une lutte désespérée ; voilà tout ce qu'il put voir et entendre au premier abord. Bientôt Fougas, éclairé par la lueur rougeâtre de la chandelle, s'aperçut qu'il luttait avec Gothon comme Jacob avec l'ange, et rentra confus et piteux dans son lit.

Le colonel s'était endormi sur l'histoire de Napoléon sans éteindre sa bougie. Gothon, après avoir terminé son service, aperçut de la lumière sous la porte. Elle se souvint de ce pauvre Baptiste qui gémissait peut-être en purgatoire pour s'être laissé tomber du haut d'un toit. Espérant que

Fougas pourrait lui donner des nouvelles de son amouroux, elle frappa plusieurs fois, d'abord doucement, puis beaucoup plus fort. Le silence du colonel et la bougie allumée firent comprendre à la servante qu'il y avait péril en la demeure. Le feu pouvait gagner les rideaux et de là toute la maison. Elle déposa donc sa chandelle, ouvrit la porte, et vint à pas de loup éteindre la bougie. Mais soit que les yeux du dormeur eussent perçu vaguement le passage d'une ombre, soit que Gothon, grosse personne mal équarrie, eût fait craquer une feuille du parquet, Fougas s'éveilla à demi, entendit le frôlement d'une robe, rêva quelqu'une de ces aventures qui animaient la vie de garnison sous le premier empire, et étendit les bras à l'aveuglette en appelant Clémentine ! Gothon, prise aux cheveux et au corsage, riposta par un soufflet si masculin que l'ennemi se crut attaqué par un homme. De représailles en représailles, on avait fini par s'étreindre et rouler sur le parquet.

Qui fut honteux ? ce fut maître Fougas. Gothon s'alla coucher, passablement meurtrie ; la famille Renault parla raison au colonel et en obtint à peu près tout ce qu'elle voulut. Il promit de partir le lendemain, accepta à titre de prêt la somme qui lui fut offerte, et jura de ne point revenir qu'il n'eût récupéré ses épaulettes et encaissé l'héritage de Dantzig.

« Alors, dit-il, j'épouserai Clémentine. »

Sur ce point-là, il était superflu de discuter avec lui : c'était une idée fixe.

Tout le monde dormit solidement dans la maison Renault : les maîtres du logis, parce qu'ils avaient passé trois nuits blanches ; Fougas et Gothon, parce qu'ils s'étaient roués de coups, et le jeune Célestin parce qu'il avait bu le fond de tous les verres.

Le lendemain matin, M. Rollon vint savoir si Fougas serait en état de déjeuner chez lui ; il craignait tant soit peu de le trouver sous une douche.

Point du tout ! L'insensé de la veille était sage comme une image et frais comme un bouton de rose. Il se faisait la barbe avec les rasoirs de Léon et fredonnait une ariette de Nicolo. Il fut charmant avec ses hôtes et promit à Gothon de lui faire une rente sur la succession de M. Meiser.

Dès qu'il fut parti pour le déjeuner, Léon courut chez sa fiancée.

« Tout va mieux, dit-il. Le colonel est beaucoup plus raisonnable. Il a promis de partir aujourd'hui même pour Paris ; nous pourrons donc nous marier demain. »

Mlle Virginie Sambucco loua fort ce plan de conduite, non-seulement parce qu'elle avait fait de grands apprêts pour les noces, mais surtout parce qu'un mariage différé eût été la fable de toute la ville. Déjà les lettres de part étaient à la poste, le maire averti, la chapelle de la Vierge retenue à la paroisse. Décommander tout cela pour le caprice d'un revenant et d'un fou, c'était offenser l'usage, la raison et le ciel lui-même.

Clémentine ne répondit guère que par des larmes. Elle ne pouvait être heureuse, à moins d'épouser Léon, mais elle aimait mieux mourir, disait-elle, que de donner sa main sans la permission de M. Fougas. Elle promit de l'implorer à deux genoux s'il le fallait et de lui arracher son consentement.

« Mais s'il refuse ? Et c'est trop vraisemblable !

— Je le supplierai de nouveau jusqu'à ce qu'il dise oui. »

Tout le monde se réunit pour lui prouver qu'elle était folle ; sa tante, Léon, M. et Mme Renault, M. Martout, M. Bonnivet et tous les amis des deux familles. Elle se soumit enfin, mais presque au même instant la porte s'ouvrit et M. Audret se précipita dans le salon en disant :

« Eh bien ! voilà du nouveau ! Le colonel Fougas qui se bat demain avec M. du Marnet ! »

La jeune fille tomba comme foudroyée entre les mains de Léon Renault.

« C'est Dieu qui me punit, s'écria-t-elle. Et le châtiment de mon impiété ne s'est pas fait attendre ! Me forcerez-vous encore à vous obéir ? Me traînera-t-on à l'autel malgré lui, à l'heure même où il exposera sa vie ? »

Personne n'osa plus insister en la voyant dans un état si pitoyable. Mais Léon fit des vœux sincères pour que la victoire restât au colonel de cuirassiers. Il eut tort, j'en conviens, mais quel amant serait assez vertueux pour lui jeter la pierre ?

Voici comment le beau Fougas avait employé sa journée.

À dix heures du matin, les deux plus jeunes capitaines du 23e vinrent le prendre en cérémonie pour le conduire à la maison du colonel. M. Rollon habitait un petit palais de l'époque impériale. Une plaque de marbre, incrustée au-dessus de la porte cochère, portait encore les mots : Ministère des finances. Souvenir du temps glorieux où la cour de Napoléon suivait le maître à Fontainebleau !

Le colonel Rollon, le lieutenant-colonel, le gros major, les trois chefs de bataillon, le chirurgien-major, et dix à douze officiers attendaient en plein air l'arrivée de l'illustre revenant. Le drapeau était debout au milieu de la cour, sous la garde du porte-enseigne et d'un peloton de sous-officiers choisis pour cet honneur. La musique du régiment occupait le fond du tableau, à l'entrée du jardin. Huit faisceaux d'armes, improvisés le matin même par les armuriers du corps, embellissaient les murs et les grilles. Une compagnie de grenadiers, l'arme au pied, attendait.

À l'entrée de Fougas, la musique joua le fameux : Partant pour la Syrie ;

les grenadiers présentèrent les armes ; les tambours battirent aux champs ; les sous-officiers et les soldats crièrent : « Vive le colonel Fougas ! » les officiers se portèrent en masse vers le doyen de leur régiment. Tout cela n'était ni régulier, ni disciplinaire ; mais il faut bien passer quelque chose à de braves soldats qui retrouvent un ancêtre. C'était pour eux comme une petite débauche de gloire.

Le héros de la fête serra la main du colonel et des officiers avec autant d'effusion que s'il avait retrouvé de vieux camarades. Il salua cordialement les sous-officiers et les soldats, s'approcha du drapeau, mit un genou en terre, se releva fièrement, saisit la hampe, se tourna vers la foule attentive et dit :

« Amis, c'est à l'ombre du drapeau qu'un soldat de la France, après quarante-six ans d'exil, retrouve aujourd'hui sa famille. Honneur à toi, symbole de la patrie, vieux compagnon de nos victoires, héroïque soutien de nos malheurs ! Ton aigle radieuse a plané sur l'Europe prosternée et tremblante ! Ton aigle brisée luttait encore obstinément contre la fortune, et terrifiait les potentats ! Honneur à toi qui nous as conduits à la gloire, à toi qui nous as défendus contre l'accablement du désespoir ! Je t'ai vu toujours debout dans les suprêmes dangers, fier drapeau de mon pays ! Les hommes tombaient autour de toi comme les épis fauchés par le moissonneur ; seul, tu montrais à l'ennemi ton front inflexible et superbe. Les boulets et les balles t'ont criblé de blessures, mais jamais l'audacieux étranger n'a porté la main sur toi. Puisse l'avenir ceindre ton front de nouveaux lauriers ! Puisses-tu conquérir de nouveaux et vastes royaumes, que la fatalité ne nous reprendra plus ! La grande époque va renaître ; crois-en la voix d'un guerrier qui sort de son tombeau pour te dire : « En avant ! » Oui, je le jure par les mânes de celui qui nous commandait à Wagram ! Il y aura de beaux jours pour la France, tant que tu abriteras de tes plis glorieux la fortune du brave 23e ! »

Cette éloquence militaire et patriotique enleva tous les cœurs. Fougas fut applaudi, fêté, embrassé et presque porté en triomphé dans la salle du festin.

Assis à table en face de M. Rollon, comme s'il eût été un second maître du logis, il déjeuna bien, parla beaucoup et but davantage. Vous rencontrez dans le monde des gens qui se grisent sans boire : Fougas n'était point de ceux-là. Il ne s'enivrait pas à moins de trois bouteilles. Souvent même il allait beaucoup plus loin, sans tomber.

Les toasts qui furent portés au dessert se distinguaient par l'énergie et la cordialité. Je voulais les citer tous à la file, mais je remarque qu'ils tiendraient trop de place, et que les derniers, qui furent les plus touchants, n'étaient pas d'une clarté voltairienne.

On se leva de table à deux heures et l'on se rendit en masse au café militaire, où les officiers du 23e offraient un punch aux deux colonels. Ils avaient invité, par un sentiment de haute convenance, les officiers supérieurs du régiment de cuirassiers.

Fougas, plus ivre à lui tout seul qu'un bataillon de Suisses, distribua force poignées de main. Mais à travers le nuage qui voilait son esprit, il reconnut la figure et le nom de M. du Marnet, et fit la grimace. Entre officiers et surtout entre officiers d'armes différentes, la politesse est un peu excessive, l'étiquette un peu sévère, l'amour-propre un peu susceptible. M. du Marnet, qui était un homme du meilleur monde, comprit à l'attitude de M. Fougas qu'il ne se trouvait pas en présence d'un ami.

Le punch apparut, flamboya, s'éteignit dans sa force, et se répandit à grandes cuillerées dans une soixantaine de verres. Fougas trinqua avec tout le monde, excepté avec M. du Marnet. La conversation, qui était variée et bruyante, souleva imprudemment une question de métier. Un commandant de cuirassiers demanda à Fougas s'il avait vu cette admirable charge de Bordesoulle qui précipita les Autrichiens dans la vallée de

Plauen. Fougas avait connu personnellement le général Bordesoulle et vu de ses yeux la belle manœuvre de grosse cavalerie qui décida la victoire de Dresde. Mais il crut être désagréable à M. du Marnet en affectant un air d'ignorance ou d'indifférence.

De notre temps, dit-il, la cavalerie servait surtout après la bataille ; nous l'employions à ramener les ennemis que nous avions dispersés. »

On se récria fort, on jeta dans la balance le nom glorieux de Murat.

« Sans doute, sans doute, dit-il en hochant la tête, Murat était un bon général dans sa petite sphère ; il suffisait parfaitement à ce qu'on attendait de lui. Mais si la cavalerie avait Murat, l'infanterie avait Napoléon. »

M. du Marnet fit observer judicieusement que Napoléon, si l'on tenait beaucoup à le confisquer au profit d'une seule arme, appartiendrait à l'artillerie.

« Je le veux bien, monsieur, répondit Fougas, l'artillerie et l'infanterie. L'artillerie de loin, l'infanterie de près…, la cavalerie à côté.

— Pardon encore, reprit M. du Marnet, vous voulez dire sur les côtés, ce qui est bien différent.

— Sur les côtés, à côté, je m'en moque ! Quant à moi, si je commandais en chef, je mettrais la cavalerie de côté. »

Plusieurs officiers de cavalerie se jetaient déjà dans la discussion. M. du Marnet les retint et fit signe qu'il désirait répondre seul à Fougas.

« Et pourquoi donc, s'il vous plaît, mettriez-vous la cavalerie de côté ?

— Parce que le cavalier est un soldat incomplet.

— Incomplet !

— Oui, monsieur, et la preuve c'est que l'État est obligé d'acheter pour quatre ou cinq cents francs de cheval, afin de le compléter ! Et que le cheval reçoive une balle ou un coup de baïonnette, le cavalier n'est plus bon à rien. Avez-vous jamais vu un cavalier par terre ? C'est du joli !

— Je me vois tous les jours à pied, et je ne me trouve pas ridicule.

— Je suis trop poli pour vous contredire !

— Et moi, monsieur, je suis trop juste pour opposer un paradoxe à un autre. Que penseriez-vous de ma logique, si je vous disais (l'idée n'est pas de moi, je l'ai trouvée dans un livre), si je vous disais : « J'estime l'infanterie, mais le fantassin est un soldat incomplet, un déshérité, un infirme privé de ce complément naturel de l'homme de guerre qu'on appelle cheval ! J'admire son courage, je reconnais qu'il se rend utile dans les batailles, mais enfin le pauvre diable n'a que deux pieds à son service, lorsque nous en avons quatre ! Vous trouvez qu'un cavalier à pied est ridicule ; mais le fantassin est-il toujours bien brillant lorsqu'on lui met un cheval entre les jambes ? J'ai vu d'excellents capitaines d'infanterie que le ministre de la guerre embarrassait cruellement en les nommant chefs de bataillon. Ils disaient en se grattant l'oreille : « Ce n'est pas tout de monter en grade, il faut encore monter à cheval ! »

Cette vieille plaisanterie amusa un instant l'auditoire. On rit, et la moutarde monta de plus en plus au nez de Fougas.

« De mon temps, dit-il, un fantassin devenait cavalier en vingt-quatre heures, et celui qui voudrait faire une partie de cheval avec moi, le sabre à la main, je lui montrerais ce que c'est que l'infanterie !

— Monsieur, répondit froidement M. du Marnet, j'espère que les occasions ne vous manqueront pas à la guerre. C'est là qu'un vrai soldat montre son talent et son courage. Fantassins et cavaliers, nous appartenons tous à la France. C'est à elle que je bois, monsieur, et j'espère que vous ne refuserez pas de choquer votre verre contre le mien. À la France ! »

C'était, ma foi, bien parlé et bien conclu. Le cliquetis des verres donna raison à M. du Marnet. Fougas, lui-même, s'approcha de son adversaire et trinqua franchement avec lui. Mais il lui dit à l'oreille, en grasseyant beaucoup :

« J'espère, à mon tour, que vous ne refuserez pas la partie de sabre que j'ai eu l'honneur de vous offrir ?

— Comme il vous plaira, » dit le colonel de cuirassiers.

Le revenant, plus ivre que jamais, sortit de la foule avec deux officiers qu'il prit au hasard. Il leur déclara qu'il se tenait pour offensé par M. du Marnet, que la provocation était faite et acceptée, et que l'affaire irait toute seule :

« D'autant plus, ajouta-t-il en confidence, qu'il y a une femme entre nous ! Voici mes conditions, elles sont tout à l'honneur de l'infanterie, de l'armée et de la France : nous nous battrons à cheval, nus jusqu'à la ceinture, montés à crin sur deux étalons ! L'arme ? le sabre de cavalerie ! Au premier sang ! Je veux corriger un faquin, je ne veux point ravir un soldat à la France ! »

Ces conditions furent jugées absurdes par les témoins de M. du Marnet ; on les accepta cependant, car l'honneur militaire veut qu'on affronte tous les dangers, même absurdes.

Fougas employa le reste du jour à désespérer les pauvres Renault. Fier de l'empire qu'il exerçait sur Clémentine, il déclara ses volontés, jura de la prendre pour femme dès qu'il aurait retrouvé grade, famille et fortune, et lui défendit jusque-là de disposer d'elle-même. Il rompit en visière à Léon et à ses parents, refusa leurs services et quitta leur maison après un solennel échange de gros mots. Léon conclut en disant qu'il ne céderait sa femme qu'avec la vie ; le colonel haussa les épaules et tourna casaque, emportant, sans y penser, les habits du père et le chapeau du fils. Il demanda 500 francs à M. Rollon, loua une chambre à l'hôtel du Cadran-Bleu, se coucha sans souper et dormit tout d'une étape jusqu'à l'arrivée de ses témoins.

On n'eut pas besoin de lui raconter ce qui s'était passé la veille. Les fumées du punch et du sommeil se dissipèrent en un instant. Il plongea sa tête et ses mains dans un baquet d'eau fraîche et dit :

« Voilà ma toilette. Maintenant, vive l'Empereur ! Allons nous aligner ! »

Le terrain choisi d'un commun accord était le champ de manœuvres. C'est une plaine sablonneuse, enclavée dans la forêt, à bonne distance de la ville. Tous les officiers de la garnison s'y transportèrent d'eux-mêmes ; on n'eut pas besoin de les inviter. Plus d'un soldat y courut en contrebande et prit son billet sur un arbre. La gendarmerie elle-même embellissait de sa présence cette petite fête de famille. On allait voir aux prises dans un tournoi héroïque non-seulement l'infanterie et la cavalerie, mais la vieille et la jeune armée. Le spectacle répondit pleinement à l'attente du public. Personne ne fut tenté de siffler la pièce et tout le monde en eut pour son argent.

À neuf heures précises, les combattants entrèrent en lice avec leurs quatre témoins et le juge du camp. Fougas, nu jusqu'à la ceinture, était beau comme un jeune dieu. Son corps svelte et nerveux, sa tête souriante et fière, la mâle coquetterie de ses mouvements lui valurent un succès d'entrée. Il faisait cabrer son cheval anglais et saluait l'assistance avec la pointe de l'espadon.

M. du Marnet, blond, fort, assez velu, modelé comme le Bacchus indien et non comme l'Achille, laissait voir sur son front un léger nuage d'ennui. Il ne fallait pas être magicien pour comprendre que ce duel in naturalibus, sous les yeux de ses propres officiers, lui semblait inutile et même ridicule. Son cheval était un demi-sang percheron, une bête vigoureuse et pleine de feu.

Les témoins de Fougas montaient assez mal ; ils partageaient leur attention entre le combat et leurs étriers. M. du Marnet avait choisi les deux meilleurs cavaliers de son régiment, un chef d'escadron et un capitaine commandant. Le juge du camp était le colonel Rollon, excellent cavalier.

Au signal qu'il donna, Fougas courut droit à son adversaire en présentant la pointe du sabre dans la position de prime, comme un soldat de cavalerie qui charge les fantassins en carré. Mais il s'arrêta à trois longueurs de cheval et décrivit autour de M. du Marnet sept ou huit cercles rapides, comme un Arabe dans une fantasia. M. du Marnet, obligé de tourner sur lui-même en se défendant de tous côtés, piqua des deux, rompit le cercle, prit du champ et menaça de recommencer la même manœuvre autour de Fougas. Mais le revenant ne l'attendit pas. Il s'enfuit au grand galop, et fit un tour d'hippodrome, toujours poursuivi par M. du Marnet. Le cuirassier, plus lourd et monté sur un cheval moins vite, fut distancé. Il se vengea en criant à Fougas : « Eh ! monsieur ! il fallait me dire que c'était une course et pas une bataille ! J'aurais pris ma cravache au lieu d'un espadon ! » Mais déjà Fougas revenait sur lui, haletant et furieux. « Attends-moi là ! criait-il ; je t'ai montré le cavalier : maintenant tu vas voir le soldat ! »

Et il lui allongea un coup de pointe qui l'aurait traversé comme un cerceau si M. du Marnet ne fût pas venu à temps à la parade. Il riposta par un joli coup de quarte, assez puissant pour couper en deux l'invincible Fougas. Mais l'autre était plus leste qu'un singe. Il para de tout son corps en se laissant couler à terre et remonta sur sa bête au même instant.

« Mes compliments ! dit M. du Marnet. On ne fait pas mieux au cirque !

– Ni à la guerre non plus, répondit l'autre. Ah ! scélérat ? tu blagues la vieille armée ? À toi ! Manqué ! Merci de la riposte, mais ce n'est pas encore la bonne ; je ne mourrai pas de celle-là ! Tiens ! tiens ! tiens ! Ah ! tu prétends que le fantassin est un homme incomplet ! C'est nous qui allons te décompléter les membres ! À toi la botte ! Il l'a parée ! Et il croit peut-être qu'il se promènera ce soir sous les fenêtres de Clémentine ! Tiens ! voilà pour Clémentine, et voilà pour l'infanterie ? Pareras-tu celle-ci ? Oui, traître ! Et celle-là ? Encore ! mais tu les pareras donc toutes, sacre-ventrenom de bleu ! Victoire ! Ah ! monsieur ! Votre sang coule ! Qu'ai-je fait ? Au diable l'espadon, le cheval et tout ! Major ! major, accourez vite ! Monsieur, laissez-vous aller dans mes bras ! Animal que je suis ! Comme si tous les soldats n'étaient pas frères ! Ami, pardonne-moi ! Je voudrais racheter chaque goutte de ton sang au prix de tout le mien ! Misérable Fougas, incapable de maîtriser ses passions féroces ! Ô vous, Esculape de Mars ! dites-moi que le fil de ses jours ne sera pas tranché ! Je ne lui survivrais pas, car c'est un brave ! »

M. du Marnet avait une entaille magnifique qui écharpait le bras et le flanc gauches, et le sang ruisselait à faire frémir. Le chirurgien, qui s'était pourvu d'eau hémostatique, se hâta d'arrêter l'hémorragie. La blessure était plus longue que profonde ; on pouvait la guérir en quelques jours. Fougas porta lui-même son adversaire jusqu'à la voiture, et ce n'est pas ce qu'il fit de moins fort. Il voulut absolument se joindre aux deux officiers qui ramenaient M. du Marnet à la maison ; il accabla le blessé de ses protestations, et lui jura tout le long du chemin une amitié éternelle. Arrivé, il le coucha, l'embrassa, le baigna de ses larmes et ne le quitta point qu'il ne l'eût entendu ronfler.

Six heures sonnaient ; il s'en alla dîner à l'hôtel avec ses témoins et le juge du camp, qu'il avait invités après la bataille. Il les traita magnifiquement et se grisa de même.

XV

Où l'on verra qu'il n'y a pas loin du Capitole à la roche Tarpéienne.

Le lendemain, après une visite à M. du Marnet il écrivit à Clémentine :

« Lumière de ma vie, je quitte ces lieux, témoins de mon funeste courage et dépositaires de mon amour. C'est au sein de la capitale, au pied du trône, que je porte mes premiers pas. Si l'héritier du dieu des combats n'est pas sourd à la voix du sang qui coule dans ses veines, il me rendra mon épée et mes épaulettes pour que je les apporte à tes genoux. Sois-moi fidèle, attends, espère : que ces lignes te servent de talisman contre les dangers qui menacent ton indépendance. Ô ma Clémentine ! garde-toi pour ton

Victor Fougas. »

Clémentine ne lui répondit rien, mais au moment de monter en wagon, il fut accosté par un commissionnaire qui lui remit un joli portefeuille de cuir rouge et s'enfuit à toutes jambes. Ce carnet tout neuf, solide et bien fermé, renfermait douze cents francs en billets de banque, toutes les économies de la jeune fille. Fougas n'eut pas le temps de délibérer sur ce point délicat. On le poussa dans une voiture, la machine siffla et le train partit.

Le colonel commença par repasser dans sa mémoire les divers événements qui s'étaient succédé dans sa vie en moins d'une semaine. Son arrestation dans les glaces de la Vistule, sa condamnation à mort, sa captivité dans la forteresse de Liebenfeld, son réveil à Fontainebleau, l'invasion de 1814, le retour de l'île d'Elbe, les cent jours, la mort de l'Empereur et du roi de Rome, la restauration bonapartiste de 1852, la rencontre d'une jeune fille en tout semblable à Clémentine Pichon, le drapeau du 23e, le duel avec un colonel de cuirassiers, tout cela, pour Fougas, n'avait pas pris plus de quatre jours ! La nuit du 11 novembre 1813 au 17 août 1859, lui paraissait même un peu moins longue que les autres ; c'était la seule fois qu'il eût dormi tout d'un somme et sans rêver.

Un esprit moins actif, un cœur moins chaud se fût peut-être laissé tomber dans une sorte de mélancolie. Car enfin, celui qui a dormi quarante-six ans, doit être un peu dépaysé dans son propre pays. Plus de parents, plus d'amis, plus un visage connu sur toute la surface de la terre ! Ajoutez une multitude de mots, d'idées, de coutumes, d'inventions nouvelles qui lui font sentir le besoin d'un cicerone et lui prouvent qu'il est étranger. Mais Fougas, en rouvrant les yeux, s'était jeté au beau milieu de l'action, suivant le précepte d'Horace. Il s'était improvisé des amis, des ennemis, une maîtresse, un rival. Fontainebleau, sa deuxième ville natale, était provisoirement le chef-lieu de son existence. Il s'y sentait aimé, haï, redouté, admiré, connu enfin. Il savait que dans cette sous-préfecture son nom ne pourrait plus être prononcé sans éveiller un écho. Mais ce qui le rattachait surtout au temps moderne, c'était sa parenté bien établie avec la grande famille de l'armée. Partout où flotte un drapeau français, le soldat, jeune ou vieux, est chez lui. Autour de ce clocher de la patrie, bien autrement cher et sacré que le clocher du village, la langue, les idées, les institutions changent peu. Les hommes ont beau mourir ; ils sont remplacés par d'autres qui leur ressemblent, qui pensent, parlent et agissent de même ; qui ne se contentent pas de revêtir l'uniforme de leurs devanciers, mais héritent encore de leurs souvenirs, de leur gloire acquise, de leurs traditions, de leurs plaisanteries, de certaines intonations de leur voix. C'est ce qui explique la subite amitié de Fougas pour le nouveau colonel du 23e, après un premier mouvement de jalousie, et la brusque sympathie qu'il témoigna à M. du Marnet, dès qu'il vit couler le sang de sa blessure. Les querelles entre soldats sont des discussions de famille, qui n'effacent jamais la parenté.

Fermement persuadé qu'il n'était pas seul au monde, M. Fougas prenait plaisir à tous les objets nouveaux que la civilisation lui mettait sous les yeux. La vitesse du chemin de fer l'enivrait positivement. Il s'était épris d'un véritable enthousiasme pour cette force de la vapeur, dont la théorie était lettre close pour lui, mais il pensait aux résultats :

« Avec mille machines comme celle-ci, deux mille canons rayés et deux cent mille gaillards comme moi, Napoléon aurait conquis le monde en six semaines. Pourquoi ce jeune homme qui est sur le trône ne se sert-il pas des instruments qu'il a en main ? Peut-être n'y a-t-il pas songé. C'est bon, je vais le voir. S'il m'a l'air d'un homme capable, je lui donne mon idée, il me nomme ministre de la guerre, et en avant, marche ! »

Il s'était fait expliquer l'usage de ces grands fils de fer qui courent sur des poteaux tout le long de la voie.

« Nom de nom ! disait-il, voilà des aides de camp rapides et discrets. Rassemblez-moi tout ça aux mains d'un chef d'état-major comme Berthier, l'univers sera pris comme dans un filet par la simple volonté d'un homme ! »

Sa méditation fut interrompue à trois kilomètres de Melun, par les sons d'une langue étrangère. Il dressa l'oreille, puis bondit dans son coin comme un homme qui s'est assis sur un fagot d'épines. Horreur ! c'était de l'anglais ! Un de ces monstres qui ont assassiné Napoléon à Sainte-Hélène, pour s'assurer le monopole des cotons, était entré dans le compartiment avec une femme assez jolie et deux enfants magnifiques.

« Conducteur ! arrêtez ! cria Fougas, en se penchant à mi-corps en dehors de la portière.

— Monsieur, lui dit l'Anglais en bon français, je vous conseille de patienter jusqu'à la prochaine station. Le conducteur ne vous entend pas, et vous risquez de tomber sur la voie. Si d'ici là je pouvais vous être bon à quelque chose, j'ai ici un flacon d'eau-de-vie et une pharmacie de voyage.

— Non, monsieur, répondit Fougas du ton le plus rogue. Je n'ai besoin de rien et j'aimerais mieux mourir que de rien accepter d'un Anglais ! Si j'appelle le conducteur, c'est parce que je veux changer de voiture et purger mes yeux d'un ennemi de l'Empereur !

— Je vous assure, monsieur, répliqua l'Anglais, que je ne suis pas un ennemi de l'Empereur. J'ai eu l'honneur d'être reçu chez lui lorsqu'il habitait Londres ; il a même daigné s'arrêter quelques jours dans mon petit château de Lancashire.

— Tant mieux pour vous si ce jeune homme est assez bon pour oublier ce que vous avez fait à sa famille ; mais Fougas ne vous pardonnera jamais vos crimes envers son pays ! »

Là-dessus, comme on arrivait à la gare de Melun il ouvrit la portière et s'élança dans un autre compartiment. Il s'y trouva seul devant deux jeunes messieurs qui n'avaient point des physionomies anglaises, et qui parlaient français avec le plus pur accent tourangeau. L'un et l'autre portaient leurs armoiries au petit doigt, afin que personne n'ignorât leur qualité de gentilshommes. Fougas était trop plébéien pour goûter beaucoup la noblesse ; mais, au sortir d'un compartiment peuplé d'insulaires, il fut heureux de rencontrer deux Français.

« Amis, dit-il en se penchant vers eux avec un sourire cordial, nous sommes enfants de la même mère. Salut à vous ; votre aspect me retrempe ! »

Les deux jeunes gens ouvrirent de grands yeux, s'inclinèrent à demi et se renfermèrent dans leur conversation, sans répondre autrement aux avances de Fougas.

« Ainsi donc, mon cher Astophe, disait l'un, tu as vu le roi à Froshdorf ?

— Oui, mon bon Améric ; et il m'a reçu avec la grâce la plus touchante.

« Vicomte, m'a-t-il dit, vous êtes d'un sang connu pour sa fidélité. Nous nous souviendrons de vous, le jour où Dieu nous rétablira sur le trône de nos ancêtres. Dites à notre brave noblesse de Touraine que nous nous recommandons à ses prières et que nous ne l'oublions jamais dans les nôtres. »

— Pitt et Cobourg ! murmura Fougas entre ses dents. Voilà deux petits gaillards qui conspirent avec l'armée de Condé ! Mais, patience ! »

Il serra les poings et prêta l'oreille.

« Il ne t'a rien dit de la politique ?

— Quelques mots en l'air. Entre nous, je ne crois pas qu'il s'en occupe beaucoup ; il attend les événements.

— Il n'attendra plus bien longtemps.

— Qui sait ?

— Comment ! qui sait ? L'empire n'en a pas pour six mois. Mgr de Montereau le disait encore lundi dernier chez ma tante la chanoinesse.

— Moi, je leur donne un an, parce que leur campagne d'Italie les a raffermis dans le bas peuple. Oh ! je ne me suis pas gêné pour le dire au roi !

— Sacrebleu ! messieurs, c'est trop fort ! interrompit Fougas. Est-ce en France que des Français parlent ainsi des institutions françaises ? Retournez à votre maître, dites-lui que l'empire est éternel, parce qu'il est fondé sur le granit populaire et cimenté par le sang des héros. Et si le roi vous demande qui est-ce qui a dit ça, vous lui répondrez : C'est le colonel Fougas, décoré à Wagram de la propre main de l'Empereur ! »

Les deux jeunes gens se regardèrent, échangèrent un sourire, et le vicomte dit au marquis :

« What is that ?

— A madman.

— No, dear : a mad dog.

— Nothing else.

— Très-bien, messieurs, cria le colonel. Parlez anglais, maintenant ; vous en êtes dignes ! »

Il changea de compartiment à la station suivante et tomba dans un groupe de jeunes peintres. Il les appela disciples de Xeuxis et leur demanda des nouvelles de Gérard, de Gros et de David. Ces messieurs trouvèrent la plaisanterie originale, et lui recommandèrent d'aller voir Talma dans la nouvelle tragédie d'Arnault.

Les fortifications de Paris l'éblouirent beaucoup, le scandalisèrent un peu.

« Je n'aime pas cela, dit-il à ses voisins. Le vrai rempart de la capitale c'est le courage d'un grand peuple. Entasser des bastions autour de Paris c'est dire à l'ennemi qu'il peut vaincre la France. »

Le train s'arrêta enfin à la gare de Mazas. Le colonel, qui n'avait point de bagages, s'en alla fièrement, les mains dans ses poches, à la recherche de l'hôtel de Nantes. Comme il avait passé trois mois à Paris vers l'année 1810, il croyait connaître la ville. C'est pourquoi il ne manqua pas de s'y perdre en arrivant. Mais, dans les divers quartiers qu'il parcourut au hasard, il admira les grands changements qu'on avait faits en son absence.

Fougas adorait les rues bien longues, bien larges, bordées de grosses maisons uniformes ; il fut obligé de reconnaître que l'édilité parisienne se rapprochait activement de son idéal. Ce n'était pas encore la perfection absolue, mais quel progrès !

Par une illusion bien naturelle, il s'arrêta vingt fois pour saluer des figures de connaissance ; mais personne ne le reconnut.

Après cinq heures de marche, il atteignit la place du Carrousel. L'hôtel de Nantes n'y était plus ; mais en revanche, on avait achevé le Louvre. Fougas perdit un quart d'heure à regarder ce monument et une demi-heure à contempler deux zouaves de la garde qui jouaient au piquet. Il s'informa si l'Empereur était à Paris ; on lui montra le drapeau qui flottait sur les Tuileries.

« Bon, dit-il ; mais il faut d'abord que je me fasse habiller de neuf. »

Il retint une chambre dans un hôtel de la rue Saint-Honoré et demanda au garçon quel était le plus célèbre tailleur de Paris. Le garçon lui prêta un Almanach du commerce, Fougas chercha le bottier de l'Empereur, le chemisier de l'Empereur, le chapelier, le tailleur, le coiffeur, le gantier de l'Empereur ; il inscrivit leurs noms et leurs adresses sur le carnet de Clémentine, après quoi il prit une voiture et se mit en course.

Comme il avait le pied petit et bien tourné, il trouva sans difficulté des chaussures toutes faites ; on promit aussi de lui porter dans la soirée tout le linge dont il avait besoin. Mais lorsqu'il expliqua au chapelier quelle coiffure il prétendait planter sur sa tête, il rencontra de grandes difficultés. Son idéal était un chapeau énorme, large du haut, étroit du bas, renflé des bords, cambré en arrière et en avant ; bref, le meuble historique auquel le fondateur de la Bolivie a donné autrefois son nom. Il fallut bouleverser les magasins, et fouiller jusque dans les archives pour trouver ce qu'il désirait.

« Enfin ! s'écria le chapelier, voilà votre affaire. Si c'est pour un costume de théâtre, vous serez content ; l'effet comique est certain. »

Fougas répondit sèchement que ce chapeau était beaucoup moins ridicule que tous ceux qui circulaient dans les rues de Paris.

Chez le célèbre tailleur de la rue de la Paix, ce fut presque une bataille.

« Non, monsieur, disait Alfred, je ne vous ferai jamais une redingote à brandebourgs et un pantalon à la cosaque ! Allez-vous-en chez Babin ou chez Moreau, si vous voulez un costume de carnaval ; mais il ne sera pas dit qu'un homme aussi bien tourné est sorti de chez nous en caricature !

— Tonnerre et patrie ! répondait Fougas ; vous avez la tête de plus que moi, monsieur le géant, mais je suis le colonel du grand Empire, et ce n'est pas aux tambours-majors à donner des ordres aux colonels ! »

Ce diable d'homme eut le dernier mot. On lui prit mesure, on ouvrit un album et l'on promit de l'habiller, dans les vingt-quatre heures, à la dernière mode de 1813. On lui fit voir des étoffes à choisir, des étoffes anglaises. Il les rejeta avec mépris.

« Drap bleu de France, dit-il, et fabriqué en France ! Et coupez-moi ça de telle façon que tous ceux qui me verront passer en pékin s'écrient : « C'est un militaire ! »

Les officiers de notre temps ont précisément la coquetterie inverse ; ils s'appliquent à ressembler à tous les autres gentlemen lorsqu'ils prennent l'habit civil.

Fougas se commanda, rue Richelieu, un col de satin noir qui cachait la chemise et montait jusqu'aux oreilles ; puis il descendit vers le Palais-Royal, entra dans un restaurant célèbre et se fit servir à dîner. Comme il avait déjeuné sur le pouce chez un pâtissier du boulevard, son appétit, aiguisé par la marche, fit des merveilles. Il but et mangea comme à Fontainebleau. Mais la carte à payer lui parut de digestion difficile : il en avait pour cent dix francs et quelques centimes. « Diable ! dit-il, la vie est devenue chère à Paris. » L'eau-de-vie entrait dans ce total pour une somme de neuf francs. On lui avait servi une bouteille et un verre comme un dé à coudre ; ce joujou avait amusé Fougas : il trouva plaisant de le remplir et de le vider douze fois. Mais en sortant de table il n'était pas ivre : une aimable gaieté, rien de plus. La fantaisie lui vint de regagner quelques pièces de cent sous au no 113. Un marchand de bouteilles établi dans la maison lui apprit que la France ne jouait plus depuis une trentaine d'années. Il poussa jusqu'au Théâtre-Français pour voir si les comédiens de l'Empereur ne donnaient pas quelque belle tragédie, mais l'affiche lui déplut. Des comédies modernes jouées par des acteurs nouveaux ! Ni Talma, ni Fleury, ni Thénard, ni les Baptiste, ni Mlle Mars, ni Mlle Raucourt ! Il s'en fut à l'Opéra, où l'on donnait Charles VI. La musique l'étonna d'abord ; il n'était pas accoutumé à entendre tant de bruit hors des champs de bataille. Bientôt cependant ses oreilles s'endurcirent au fracas des instruments ; la fatigue du jour, le plaisir d'être bien assis, le travail de la digestion, le plongèrent dans un demi-sommeil. Il se réveilla en sursaut à ce fameux chant patriotique :

Guerre aux tyrans ! jamais, jamais en France,
Jamais l'Anglais ne régnera !

« Non ! s'écria-t-il en étendant les bras vers la scène. Jamais ! jurons-le tous ensemble sur l'autel sacré de la patrie ! Périsse la perfide Albion ! Vive l'Empereur ! »

Le parterre et l'orchestre se levèrent en même temps, moins pour s'associer au serment de Fougas que pour lui imposer silence. Dans l'entr'acte suivant, un commissaire de police lui dit à l'oreille que lorsqu'on avait dîné de la sorte on allait se coucher tranquillement, au lieu de troubler la représentation de l'Opéra.

Il répondit qu'il avait dîné comme à son ordinaire, et que cette explosion d'un sentiment patriotique ne partait point de l'estomac.

« Mais, dit-il, puisque dans ce palais de l'opulence désœuvrée la haine de l'ennemi est flétrie comme un crime, je vais respirer un air plus libre et saluer le temple de la Gloire avant de me mettre au lit.

— Vous ferez aussi bien, » dit le commissaire.

Il s'éloigna, plus fier et plus cambré que jamais, gagna la ligne des boulevards et la parcourut à grandes enjambées jusqu'au temple corinthien qui la termine. Chemin faisant, il admira beaucoup l'éclairage de la ville. M. Martout lui avait expliqué la fabrication du gaz, il n'y avait rien compris, mais cette flamme rouge et vivante était pour ses yeux un véritable régal.

Lorsqu'il fut arrivé au monument qui commande l'entrée de la rue Royale, il s'arrêta sur le trottoir, se recueillit un instant et dit :

« Inspiratrice des belles actions, veuve du grand vainqueur de l'Europe, ô Gloire ! reçois l'hommage de ton amant Victor Fougas ! Pour toi j'ai enduré la faim, la sueur et les frimas, et mangé le plus fidèle des coursiers. Pour toi, je suis prêt à braver d'autres périls et à revoir la mort en face sur tous les champs de bataille. Je te préfère au bonheur, à la richesse, à la puissance. Ne rejette pas l'offrande de mon cœur et le sacrifice de mon sang. Pour prix de tant d'amour, je ne réclame qu'un sourire de tes yeux et un laurier tombé de ta main ! »

Cette prière arriva toute brûlante aux oreilles de sainte Marie-Madeleine, patronne de l'ex-temple de la Gloire. C'est ainsi que l'acquéreur d'un château reçoit quelquefois une lettre adressée à l'ancien propriétaire.

Fougas revint par la rue de la Paix et la place Vendôme, et salua en passant la seule figure de connaissance qu'il eût encore trouvée à Paris. Le nouveau costume de Napoléon sur la colonne ne lui déplaisait aucunement. Il préférait le petit chapeau à la couronne et la redingote grise au manteau théâtral.

La nuit fut agitée. Mille projets divers se croisant en tout sens dans le cerveau du colonel. Il préparait les discours qu'il tiendrait à l'Empereur, s'endormait au milieu d'une phrase et s'éveillait en sursaut, croyant tenir une idée qui s'évanouissait soudain. Il éteignit et ralluma vingt fois sa bougie. Le souvenir de Clémentine se mêlait de temps à autre aux rêveries de la guerre et aux utopies de la politique ; mais je dois avouer que la figure de la jeune fille ne sortit guère du second plan.

Autant cette nuit lui parut longue, autant la matinée du lendemain lui sembla courte. L'idée de voir en face le nouveau maître de l'Empire l'enivrait et le glaçait tour à tour. Il espéra un instant qu'il manquerait quelque chose à sa toilette, qu'un fournisseur lui offrirait un prétexte honorable pour ajourner cette visite au lendemain. Mais tout le monde fit preuve d'une exactitude désespérante. À midi précis, le pantalon à la cosaque et la redingote à brandebourgs s'étalaient sur le pied du lit auprès du célèbre chapeau à la Bolivar.

« Habillons-nous ! dit Fougas. Ce jeune homme ne sera peut-être pas chez lui. En ce cas je laisserai mon nom, et j'attendrai qu'il m'appelle. »

Il se fit beau à sa manière, et, ce qui paraîtra peut-être incroyable à mes lectrices, Fougas, en col de satin noir et en redingote à brandebourgs, n'était ni laid, ni même ridicule. Sa haute taille, son corps svelte, sa figure fière et décidée, ses mouvements brusques formaient une certaine harmonie avec ce costume d'un autre temps. Il était étrange, voilà tout. Pour se donner un peu d'aplomb, il entra dans un restaurant, mangea quatre côtelettes, un pain de deux livres et un morceau de fromage en buvant deux bouteilles de vin. Le café et le pousse-café le conduisirent jusqu'à deux heures. C'était le moment qu'il s'était fixé à lui-même.

Il inclina légèrement son chapeau sur l'oreille, boutonna ses gants de chamois, toussa énergiquement deux ou trois fois devant la sentinelle de la rue de Rivoli, et enfila bravement le guichet de l'Échelle.

« Monsieur ! cria le portier, qui demandez-vous ?

— L'Empereur !

— Avez-vous une lettre d'audience ?

— Le colonel Fougas n'en a pas besoin. Va demander des renseignements à celui qui plane au-dessus de la place Vendôme : il te dira que le nom de Fougas a toujours été synonyme de bravoure et de fidélité.

— Vous avez connu l'Empereur premier ?

— Oui, mon drôle, et je lui ai parlé comme je te parle.

— Vraiment ? Mais quel âge avez-vous donc ?

— Soixante-dix ans à l'horloge du temps, vingt-quatre ans sur les tablettes de l'histoire ! »

Le portier leva les yeux au ciel en murmurant :

« Encore un ! C'est le quatrième de la semaine ! »

Il fit un signe à un petit monsieur vêtu de noir, qui fumait sa pipe dans la cour des Tuileries, puis il dit à Fougas en lui mettant la main sur le bras :

« Mon bon ami, c'est l'Empereur que vous voulez voir ?

— Je te l'ai déjà dit, familier personnage !

— Hé bien ! vous le verrez aujourd'hui. Monsieur qui vient là-bas, avec sa pipe, est l'introducteur des visites ; il va vous conduire. Mais l'Empereur n'est pas au Château. Il est à la campagne. Cela vous est égal, n'est-ce pas, d'aller à la campagne ?

— Que diable veux-tu que ça me fasse ?

— D'autant plus que vous n'irez pas à pied. On vous a déjà fait avancer une voiture. Allons, montez, mon bon ami, et soyez sage ! »

Deux minutes plus tard, Fougas, accompagné d'un agent, roulait vers le bureau du commissaire de police.

Son affaire fut bientôt faite. Le commissaire qui le reçut était le même qui lui avait parlé la veille à l'Opéra. Un médecin fut appelé et rendit le plus beau verdict de monomanie qui ait jamais envoyé un homme à Charenton. Tout cela se fit poliment, joliment, sans un mot qui pût mettre le colonel sur ses gardes et l'avertir du sort qu'on lui réservait. Il trouvait seulement que ce cérémonial était long et bizarre, et il préparait là-dessus quelques phrases bien senties qu'il se promettait de faire entendre à l'Empereur.

On lui permit enfin de se mettre en route. Le fiacre était toujours là ; l'introducteur ralluma sa pipe, dit trois mots au cocher et s'assit à la gauche du colonel. La voiture partit au trot, gagna les boulevards et prit la direction de la Bastille.

Elle arrivait à la hauteur de la porte Saint-Martin, et Fougas, la tête à la portière, continuait à préparer son improvisation, lorsqu'une calèche, attelée de deux alezans superbes, passa pour ainsi dire sous le nez du rêveur. Un gros homme à moustache grise retourna la tête et cria : « Fougas ! »

Robinson découvrant dans son île l'empreinte du pied d'un homme ne fut ni plus étonné ni plus ravi que Fougas en entendant ce cri de : « Fougas ! » Ouvrir la portière, sauter sur le macadam, courir à la calèche qui s'était arrêtée, s'y lancer d'un seul bond sans l'aide du marchepied et tomber dans les bras du gros homme à moustache grise : tout cela fut l'affaire d'une seconde. La calèche était repartie depuis longtemps lorsque l'agent de police au galop, suivi de son fiacre au petit trot, arpenta la ligne des boulevards, demandant à tous les sergents de ville s'ils n'avaient vu passer un fou.

XVI

Mémorable entrevue du colonel Fougas et de S. M. l'Empereur des Français.

En sautant au cou du gros homme à moustache grise, Fougas était persuadé qu'il embrassait Masséna. Il le dit naïvement, et le propriétaire de la calèche partit d'un grand éclat de rire.

« Eh ! mon pauvre vieux, lui dit-il, il y a beau temps que nous avons enterré l'Enfant de la Victoire. Regarde-moi bien entre les deux yeux : je suis Leblanc, de la campagne de Russie.

— Pas possible ! Tu es le petit Leblanc ?

— Lieutenant au 3e d'artillerie, qui a partagé avec toi mille millions de dangers, et ce fameux rôti de cheval que tu salais avec tes larmes.

— Comment ! c'est toi ! c'est toi qui m'as taillé une paire de bottes dans la peau de l'infortuné Zéphyr ! sans compter toutes les fois que tu m'as sauvé la vie ! Ô mon brave et loyal ami, que je t'embrasse encore ! Je te reconnais maintenant, mais il n'y a pas à dire : tu es changé !

— Dame ! je ne me suis pas conservé dans un bocal d'esprit-de-vin. J'ai vécu, moi !

— Tu sais donc mon histoire ?

— Je l'ai entendu raconter hier au soir chez le ministre de l'instruction publique. Il y avait là le savant qui t'a remis sur pied. Je t'ai même écrit en rentrant chez moi pour t'offrir la niche et la pâtée, mais ma lettre se promène du côté de Fontainebleau.

— Merci ! tu es un solide ! Ah ! mon pauvre vieux ! que d'événements depuis la Bérésina ! Tu as su tous les malheurs qui sont arrivés ?

— Je les ai vus, ce qui est plus triste. J'étais chef d'escadron après Waterloo ; les Bourbons m'ont flanqué à la demi-solde. Les amis m'ont fait rentrer au service en 1822, mais j'avais de mauvaises notes, et j'ai roulé les garnisons, Lille, Grenoble et Strasbourg, sans avancer. La seconde épaulette n'est venue qu'en 1830 ; pour lors, j'ai fait un bout de chemin en Afrique. On m'a nommé général de brigade à l'Isly, je suis revenu, j'ai flâné de côté et d'autre jusqu'en 1848. Nous avons eu cette année-là une campagne de juin en plein Paris. Le cœur me saigne encore toutes les fois que j'y pense, et tu es, pardieu ! bien heureux de n'avoir pas vu ça. J'ai reçu trois balles dans le torse et j'ai passé général de division. Enfin, je n'ai pas le droit de me plaindre, puisque la campagne d'Italie m'a porté bonheur. Me voilà maréchal de France, avec cent mille francs de dotation, et même duc de Solferino. Oui, l'Empereur a mis une queue à mon nom. Le fait est que Leblanc tout court, c'était un peu court.

— Tonnerre ! s'écria Fougas, voilà qui est bien. Je te jure, Leblanc, que je ne suis pas jaloux de ce qui t'arrive ! C'est assez rare, un soldat qui se réjouit de l'avancement d'un autre ; mais vrai, du fond du cœur, je te le dis : tant mieux ! Tu méritais tous les honneurs, et il faut que l'aveugle déesse ait vu ton cœur et ton génie à travers le bandeau qui lui couvre les yeux !

— Merci ! mais parlons de toi : où allais-tu lorsque je t'ai rencontré ?

— Voir l'Empereur.

— Moi aussi ; mais où diable le cherchais-tu ?

— Je ne sais pas ; on me conduisait.

— Mais il est aux Tuileries !

— Non !

— Si ! il y a quelque chose là-dessous ; raconte-moi ton affaire. »

Fougas ne se fit pas prier ; le maréchal comprit à quelle sorte de danger il avait soustrait son ami.

« Le concierge s'est trompé, lui dit-il ; l'Empereur est au château, et puisque nous sommes arrivés, viens avec moi : je te présenterai peut-être à la fin de mon audience.

— Nom de nom ! Leblanc, le cœur me bat à l'idée que je vais voir ce jeune homme. Est-ce un bon ? Peut-on compter sur lui ? A-t-il quelque rassemblance avec l'autre ?

— Tu le verras ; attends ici. »

L'amitié de ces deux hommes datait de l'hiver de 1812. Dans la déroute de l'armée française, le hasard avait rapproché le lieutenant d'artillerie et le colonel du 23e. L'un était âgé de dix-huit ans, l'autre n'en comptait pas vingt-quatre. La distance de leurs grades fut aisément rapprochée par le danger commun ; tous les hommes sont égaux devant la faim, le froid et la fatigue. Un matin, Leblanc, à la tête de dix hommes, avait arraché Fougas aux mains des Cosaques ; puis Fougas avait sabré une demi-douzaine de traînards qui convoitaient le manteau de Leblanc. Huit jours après, Leblanc tira son ami d'une baraque où les paysans avaient mis le feu ; à son tour Fougas repêcha Leblanc au bord de la Bérésina. La liste de leurs dangers et de leurs mutuels services est trop longue pour que je la donne tout entière. Ainsi, le colonel, à Kœnigsberg, avait passé trois semaines au chevet du lieutenant atteint de la fièvre de congélation. Nul doute que ces soins dévoués ne lui eussent conservé la vie. Cette réciprocité de dévouement avait formé entre eux des liens si étroits qu'une séparation de quarante-six années ne put les rompre.

Fougas, seul au milieu d'un grand salon, se replongeait dans les souvenirs de ce bon vieux temps, lorsqu'un huissier l'invita à ôter ses gants et à passer dans le cabinet de l'Empereur.

Le respect des pouvoirs établis, qui est le fond même de ma nature, ne me permet pas de mettre en scène des personnages augustes. Mais la correspondance de Fougas appartient à l'histoire contemporaine, et voici la lettre qu'il écrivit à Clémentine en rentrant à son hôtel :

À Paris, que dis-je ? au ciel ! le 21 août 1859.

Mon bel ange,

Je suis ivre de joie, de reconnaissance et d'admiration. Je l'ai vu, je lui ai parlé ; il m'a tendu la main, il m'a fait asseoir. C'est un grand prince ; il sera le maître de la terre ! Il m'a donné la médaille de Sainte-Hélène et la croix d'officier. C'est le petit Leblanc, un vieil ami et un noble cœur, qui m'a conduit là-bas ; aussi est-il maréchal de France et duc du nouvel empire ! Pour l'avancement, il n'y faut pas songer encore : prisonnier de guerre en Prusse et dans un triple cercueil, je rentre avec mon grade ; ainsi le veut la loi militaire. Mais avant trois mois je serai général de brigade, c'est certain ; il a daigné me le promettre lui-même. Quel homme ! un dieu sur la terre ! Pas plus fier que celui de Wagram et de Moscou, et père du soldat comme lui ! Il voulait me donner de l'argent sur sa cassette pour refaire mes équipements. J'ai répondu : « Non, sire ! J'ai une créance à recouvrer du côté de Dantzig : si l'on me paye, je serai riche ; si l'on nie la dette, ma solde me suffira. » Là-dessus… ô bonté des princes, tu n'es donc pas un vain mot ! il sourit finement et me dit en frisant ses moustaches : « Vous êtes resté en Prusse depuis 1813 jusqu'en 1859 ? — Oui, sire. — Prisonnier de guerre dans des conditions exceptionnelles ? — Oui, sire. — Les traités de 1814 et de 1815 stipulaient la remise des prisonniers ? — Oui, sire. — On les a donc violés à votre égard ? — Oui, sire. — Hé bien la Prusse vous doit une indemnité. Je la ferai réclamer par voie diplomatique. — Oui, sire. Que de bontés ! » Voilà une idée qui ne me serait jamais venue à moi ! Reprendre de l'argent à la Prusse, à la Prusse qui s'est montrée si avide de nos trésors en 1814 et en 1815 ! Vive l'Empereur ! ma bien-aimée Clémentine ! Oh ! vive à jamais notre glorieux et magnanime souverain ! Vivent l'Impératrice et le prince impérial ! Je les ai vus ! l'Empereur m'a présenté à sa famille ! Le prince est un admirable petit soldat ! Il a daigné battre la caisse sur mon chapeau neuf ; je pleurais de tendresse. S. M. l'Impératrice, avec un sourire angélique, m'a dit qu'elle avait entendu parler de mes malheurs. « Ô madame ! ai-je répondu, un moment comme celui-ci les rachète au centuple. — Il faudra venir danser aux Tuileries l'hiver prochain. — Hélas ! madame, je n'ai jamais dansé qu'au bruit du canon ; mais aucun effort ne me coûtera pour vous plaire ! J'étudierai l'art de Vestris. — J'ai bien appris la contredanse, » ajouta Leblanc.

L'Empereur a daigné me dire qu'il était heureux de retrouver un officier comme moi, qui avait fait pour ainsi dire hier les plus belles campagnes du siècle, et qui avait conservé les traditions de la grande guerre. Cet éloge m'enhardit. Je ne craignis pas de lui rappeler le fameux principe du bon temps : signer la paix dans les capitales ! « Prenez garde, dit-il ; c'est en vertu de ce principe que les armées alliées sont venues deux fois signer la paix à Paris. — Ils n'y reviendront plus, m'écriai-je, à moins de me passer sur le corps. » J'insistai sur les inconvénients d'une trop grande familiarité avec l'Angleterre. J'exprimai le vœu de commencer prochainement la conquête du monde. D'abord, nos frontières à nous ; ensuite, les frontières naturelles de l'Europe ; car l'Europe est la banlieue de la France, et on ne saurait l'annexer trop tôt. L'Empereur hocha la tête comme s'il n'était pas de mon avis. Cacherait-il des desseins pacifiques ? Je ne veux pas m'arrêter à cette idée, elle me tuerait !

Il me demanda quel sentiment j'avais éprouvé à l'aspect des changements qui se sont faits dans Paris ? Je répondis avec la sincérité d'une âme fière : « Sire, le nouveau Paris est le chef-d'œuvre d'un grand règne ;

mais j'aime à croire que vos édiles n'ont pas dit leur dernier mot. — Que reste-t-il donc à faire, à votre avis ? — Avant tout, redresser le cours de la Seine, dont la courbe irrégulière a quelque chose de choquant. La ligne droite est le plus court chemin d'un point à un autre, pour les fleuves aussi bien que pour les boulevards. En second lieu, niveler le sol et supprimer tous les mouvements de terrain qui semblent dire à l'administration : « Tu es moins puissante que la nature ! » Après avoir accompli ce travail préparatoire, je tracerais un cercle de trois lieues de diamètre, dont la circonférence, représentée par une grille élégante, formerait l'enceinte de Paris. Au centre, je construirais un palais pour Votre Majesté et les princes de la famille impériale ; vaste et grandiose édifice enfermant dans ses dépendances tous les services publics : états-majors, tribunaux, musées, ministères, archevêché, police, institut, ambassades, prisons, banque de France, lycées, théâtres, Moniteur, imprimerie impériale, manufacture de Sèvres et des Gobelins, manutention des vivres. À ce palais, de forme circulaire et d'architecture magnifique, aboutiraient douze boulevards larges de cent vingt mètres, terminés par douze chemins de fer et désignés par les noms des douze maréchaux de France. Chaque boulevard est bordé de maisons uniformes, hautes de quatre étages, précédées d'une grille en fer et d'un petit jardin de trois mètres planté de fleurs uniformes. Cent rues, larges de soixante mètres, unissent les boulevards entre eux ; elles sont reliées les unes aux autres par des ruelles de trente-cinq mètres, le tout bâti uniformément sur des plans officiels, avec grilles, jardins, et fleurs obligatoires. Défense aux propriétaires de souffrir chez eux aucun commerce, car la vue des boutiques abaisse les esprits et dégrade les cœurs ; libre aux marchands de s'établir dans la banlieue, en se conformant aux lois. Le rez-de-chaussée de toutes les maisons sera occupé par les écuries et les cuisines ; le premier loué aux fortunes de cent mille francs de rente et au-dessus ; le second, aux fortunes de quatre-vingts à cent mille francs ; le troisième, aux fortunes de soixante à quatre-vingts mille francs ; le quatrième, aux fortunes de cinquante à soixante mille francs. Au-dessous de cinquante mille francs de rente, défense d'habiter Paris. Les artisans sont logés à dix kilomètres de l'enceinte, dans des forteresses ouvrières.

Nous les exemptons d'impôts pour qu'ils nous aiment ; nous les entourons de canons pour qu'ils nous craignent. Voilà mon Paris ! » L'Empereur m'écoutait patiemment et frisait sa moustache. « Votre plan, me dit il, coûterait un peu cher. — Pas beaucoup plus que celui qu'on a adopté, » répondis-je. À ce mot, une franche hilarité, dont je ne m'explique pas la cause, égaya son front sérieux. « Ne pensez-vous pas, me dit-il, que votre projet ruinerait beaucoup de monde ? — Eh ! qu'importe ? m'écriai-je, puisque je ne ruine que les riches ! » Il se remit à rire de plus belle et me congédia en disant : « Colonel, restez colonel en attendant que nous vous fassions général ! » Il me permit une seconde fois de lui serrer la main ; je fis un signe d'adieu à ce brave Leblanc, qui m'a invité à dîner pour ce soir, et je rentrai à mon hôtel pour épancher ma joie dans ta belle âme. Ô Clémentine ! espère ; tu seras heureuse et je serai grand ! Demain matin, je pars pour Dantzig. L'or est une chimère, mais je veux que tu sois riche.

Un doux baiser sur ton front pur !

V. Fougas.

Les abonnés de la Patrie, qui conservent la collection de leur journal, sont priés de rechercher le numéro du 23 août 1859. Ils y liront un entre-filets et un fait divers que j'ai pris la liberté de transcrire ici.

« S. Exc. le maréchal duc de Solferino a eu l'honneur de présenter hier à S. M. l'Empereur un héros du premier Empire, M. le colonel Fougas, qu'un événement presque miraculeux, déjà mentionné dans un rapport à l'Académie des sciences, vient de rendre à son pays. »

Voilà l'entre-filets ; voici le fait divers :

« Un fou, le quatrième de la semaine, mais celui-ci de la plus dangereuse espèce, s'est présenté hier au guichet de l'Échelle. Affublé d'un costume grotesque, l'œil en feu, le chapeau sur l'oreille, et tutoyant les personnes les plus respectables avec une grossièreté inouïe, il a voulu forcer la consigne et s'introduire, Dieu sait dans quelle intention, jusqu'à la personne du Souverain. À travers ses propos incohérents, on distinguait les mots de « bravoure, colonne Vendôme, fidélité, l'horloge du temps, les tablettes de l'histoire. » Arrêté par un agent du service de sûreté et conduit chez le commissaire de la section des Tuileries, il fut reconnu pour le même individu qui, la veille, à l'Opéra, avait troublé par les cris les plus inconvenants la représentation de Charles VI. Après les constatations d'usage, il fut dirigé sur l'hospice de Charenton. Mais à la hauteur de la porte Saint-Martin, profitant d'un embarras de voitures et de la force herculéenne dont il est doué, il s'arracha des mains de son gardien, le terrassa, le battit, s'élança d'un bond sur le boulevard et se perdit dans la foule. Les recherches les plus actives ont commencé immédiatement, et nous tenons de source certaine qu'on est déjà sur la trace du fugitif. »

XVII

Où M. Nicolas Meiser, riche propriétaire de Dantzig, reçoit une visite qu'il ne désirait point.

La sagesse des nations dit que le bien mal acquis ne profite jamais. Je soutiens qu'il profite plus aux voleurs qu'aux volés, et la belle fortune de M. Nicolas Meiser est une preuve à l'appui de mon dire.

Le neveu de l'illustre physiologiste, après avoir brassé beaucoup de bière avec peu de houblon et récolté indûment l'héritage destiné à Fougas, avait amassé dans les affaires une fortune de huit à dix millions. Dans quelles affaires ? On ne me l'a jamais dit, mais je sais qu'il tenait pour bonnes toutes celles où l'on gagne de l'argent. Prêter de petites sommes à gros intérêt, faire de grandes provisions de blé pour guérir la disette après l'avoir produite, exproprier les débiteurs malheureux, fréter un navire ou deux pour le commerce de la viande noire sur la côte d'Afrique, voilà des spéculations que le bonhomme ne dédaignait aucunement. Il ne s'en vantait point, car il était modeste, mais il n'en rougissait pas non plus, ayant élargi sa conscience en arrondissant son capital. Du reste, homme d'honneur dans le sens commercial du mot, et capable d'égorger le genre humain plutôt que de laisser protester sa signature. Les banques de Dantzig, de Berlin, de Vienne et de Paris le tenaient en haute estime ; elles avaient de l'argent à lui.

Il était gros, gras et fleuri, et vivait en joie. Sa femme avait le nez trop long et les os trop perçants, mais elle l'aimait de tout son cœur et lui faisait de petits entremets sucrés. Une parfaite conformité de sentiments unissait les deux époux. Ils parlaient entre eux à cœur ouvert et ne se cachaient point leurs mauvaises pensées. Tous les ans, à la Saint-Martin, lors de la récolte des loyers, ils mettaient sur le pavé cinq ou six familles d'artisans qui n'avaient pu payer leur terme ; mais ils n'en dînaient pas plus mal et le baiser du soir n'en était pas moins doux.

Le mari avait soixante-six ans, la femme soixante-quatre ; leurs physionomies étaient de celles qui inspirent la bienveillance et commandent le respect. Pour compléter leur ressemblance avec les patriarches, il ne leur manquait que des enfants et des petits-enfants. La nature leur avait donné un fils, un seul, parce qu'ils ne lui en avaient point demandé davantage. Ils auraient pensé commettre un crime de lèse-écus en partageant leur fortune entre plusieurs. Malheureusement, ce fils unique, héritier présomptif de tant de millions, mourut à l'université de Heidelberg, d'une indigestion de saucisses. Il partit à vingt ans pour cette Walhalla des étudiants teutoniques, où l'on mange des saucisses infinies en buvant une bière intarissable ; où l'on chante des lieds de huit cents millions de couplets en se tailladant le bout du nez à coups d'épée. Le trépas malicieux le ravit à ses auteurs lorsqu'ils n'étaient plus en âge de lui improviser un remplaçant. Ces vieux richards infortunés recueillirent pieusement ses nippes pour les vendre. Durant cette opération lamentable (car il manquait beaucoup de linge tout neuf), Nicolas Meiser disait à sa femme : « Mon cœur saigne à l'idée que nos maisons et nos écus, nos biens au soleil et nos biens à l'ombre s'en iront à des étrangers. Les parents devraient toujours avoir un fils de rechange, comme on nomme un juge suppléant au tribunal de commerce. »

Mais le temps, qui est un grand maître en Allemagne et dans plusieurs autres pays, leur fit voir que l'on peut se consoler de tout, excepté de l'argent perdu. Cinq ans plus tard, Mme Meiser disait à son mari avec un sourire tendre et philosophique : « Qui peut pénétrer les décrets de la Providence ? Ton fils nous aurait peut-être mis sur la paille. Regarde Théobald Scheffler, son ancien camarade. Il a mangé vingt mille francs à Paris pour une femme qui levait la jambe au milieu de la contredanse. Nous-mêmes, nous dépensions plus de deux mille thalers chaque année pour notre mauvais garnement ; sa mort est une grosse économie, et par conséquent une bonne affaire ! »

Du temps que les trois cercueils de Fougas étaient encore à la maison, la bonne dame raillait les visions et les insomnies de son époux. « À quoi donc penses-tu ? lui disait-elle. Tu m'as encore donné des coups de pied toute la nuit. Jetons au feu ce haillon de Français : il ne troublera plus le repos d'un heureux ménage. Nous vendrons la boîte de plomb ; il y en a pour le moins deux cents livres ; la soie blanche me fera une doublure de robe et la laine du capitonnage nous donnera bien un matelas. » Mais un restant de superstition empêcha Meiser de suivre les conseils de sa femme : il préféra se défaire du colonel en le mettant dans le commerce.

La maison des deux époux était la plus belle et la plus solide de la rue du Puits-Public, dans le faubourg noble. De fortes grilles en fer ouvré décoraient magnifiquement toutes les fenêtres, et la porte était bardée de fer comme un chevalier du bon temps. Un système de petits miroirs ingénieux accrochés à la façade permettait de reconnaître un visiteur avant même qu'il eût frappé. Une servante unique, vrai cheval pour le travail, vrai chameau par la sobriété, habitait sous ce toit béni des dieux.

Le vieux domestique couchait dehors, dans son intérêt même, et pour qu'il ne fût point exposé à tordre le col vénérable de ses maîtres. Quelques livres de commerce et de piété formaient la bibliothèque des deux vieillards. Ils n'avaient point voulu de jardin derrière leur maison, parce que les arbres se plaisent à cacher les voleurs. Ils fermaient leur porte aux verrous tous les soirs à huit heures et ne sortaient point de chez eux sans y être forcés, de peur de mauvaises rencontres.

Et cependant le 29 avril 1859, à onze heures du matin, Nicolas Meiser était bien loin de sa chère maison. Dieu ! qu'il était loin de chez lui, cet honnête bourgeois de Dantzig ! Il arpentait d'un pas pesant cette promenade de Berlin qui porte le nom d'un roman d'Alphonse Karr : Sous les tilleuls. En allemand Unter den Linden.

Quel mobile puissant avait jeté hors de sa bonbonnière ce gros bonbon rouge à deux pieds ? Le même qui conduisit Alexandre à Babylone, Scipion à Carthage, Godefroi de Bouillon à Jérusalem et Napoléon à Moscou : l'ambition ! Meiser n'espérait pas qu'on lui présenterait les clefs de la ville sur un coussin de velours rouge, mais il connaissait un grand seigneur, un chef de bureau et une femme de chambre qui travaillaient à obtenir pour lui des lettres de noblesse. S'appeler von Meiser au lieu de Meiser tout sec ! Quel beau rêve !

Le bonhomme avait en lui ce mélange de bassesse et d'orgueil qui place les laquais à une si grande distance des autres hommes. Plein de respect pour la puissance et d'admiration pour la grandeur, il ne prononçait les noms de roi, de prince et même de baron qu'avec emphase et béatitude. Il se gargarisait de syllabes nobles, et le seul mot de monseigneur lui emplissait la bouche d'une bouillie enivrante. Les particuliers de ce tempérament ne sont pas rares en Allemagne, et l'on en trouve même ailleurs. Si vous les transportiez dans un pays où tous les hommes sont égaux, la nostalgie de la servitude les tuerait.

Les titres qu'on faisait valoir en faveur de Nicolas Meiser n'étaient pas de ceux qui emportent la balance, mais de ceux qui la font pencher petit à petit. Neveu d'un savant illustre, propriétaire imposé, homme bien pensant, abonné à la Nouvelle Gazette de la Croix, plein de mépris pour l'opposition, auteur d'un toast contre la démagogie, ancien conseiller de la ville, ancien juge au tribunal de commerce, ancien caporal de la landwehr, ennemi déclaré de la Pologne et de toutes les nations qui ne sont pas les plus fortes. Son action la plus éclatante remontait à dix ans. Il avait dénoncé par lettre anonyme un membre du parlement de Francfort, réfugié à Dantzig.

Au moment où Meiser passait sous les tilleuls, son affaire était en bon chemin. Il avait recueilli cette douce assurance de la bouche même de ses protecteurs. Aussi courait-il légèrement vers la gare du chemin Nord-Est, sans autre bagage qu'un revolver dans la poche. Sa malle de veau noir avait pris les devants et l'attendait au bureau. Chemin faisant, il effleurait d'un coup d'œil rapide l'étalage des boutiques. Halte ! Il s'arrêta court devant un papetier et se frotta les yeux : remède souverain, dit-on, contre la berlue. Entre les portraits de Mme Sand et de M. Mérimée, qui sont les deux plus grands écrivains de la France, il avait aperçu, deviné, pressenti une figure bien connue.

« Assurément, dit-il, j'ai déjà vu cet homme-là, mais il était moins florissant. Est-ce que notre ancien pensionnaire serait revenu à la vie ? Impossible ! J'ai brûlé la recette de mon oncle, et l'on a perdu, grâce à moi, le secret de ressusciter les gens. Cependant la ressemblance est frappante. Ce portrait a-t-il été fait en 1813, du vivant de M. le colonel Fougas ? Non, puisque la photographie n'était pas encore inventée. Mais peut-être le photographe l'a-t-il copié sur une gravure ? Voici le roi Louis XVI et la reine Marie-Antoinette reproduits de la même façon : cela ne prouve pas que Robespierre les ait ressuscités. C'est égal, j'ai fait une mauvaise rencontre. »

Il fit un pas vers la porte de la boutique pour prendre des renseignements, mais un certain embarras le retint. On pourrait s'étonner, lui faire des questions, rechercher les motifs de son inquiétude. En route ! Il reprit sa course au petit trot, en essayant de se rassurer lui-même :

« Bah ! c'est une hallucination, l'effet d'une idée fixe. D'ailleurs ce portrait est vêtu à la mode de 1813, voilà qui tranche tout. »

Il arriva à la gare du chemin de fer, fit enregistrer sa malle de veau noir et se jeta de tout son long dans un compartiment de première classe. Il fuma sa pipe de porcelaine ; ses deux voisins s'endormirent ; il fit bientôt comme eux et ronfla. Les ronflements de ce gros homme avaient quelque chose de sinistre : vous eussiez cru entendre les ophicléides du jugement dernier. Quelle ombre le visita dans cette heure de sommeil ? Nul étranger ne l'a jamais su, car il gardait ses rêves pour lui, comme tout ce qui lui appartenait.

Mais entre deux stations, le train étant lancé à toute vitesse, il sentit distinctement deux mains énergiques qui le tiraient par les pieds. Sensation trop connue, hélas ! et qui lui rappelait les plus mauvais souvenirs de sa vie. Il ouvrit les yeux avec épouvante et vit l'homme de la photographie, dans le costume de la photographie ! Ses cheveux se hérissèrent, ses yeux s'arrondirent en boules de loto, il poussa un grand cri et se jeta à corps perdu entre les deux banquettes dans les jambes de ses voisins.

Quelques coups de pied vigoureux le rappelèrent à lui-même. Il se releva comme il put et regarda autour de lui. Personne que les deux voisins, qui lançaient machinalement leurs derniers coups de pied dans le vide en se frottant les yeux à tour de bras. Il acheva de les réveiller en les interrogeant sur la visite qu'il avait reçue, mais ces messieurs déclarèrent qu'ils n'avaient rien vu.

Meiser fit un triste retour sur lui-même ; il remarqua que ses visions prenaient terriblement de consistance. Cette idée ne lui permit point de se rendormir.

« Si cela continue longtemps, pensait-il, l'esprit du colonel me cassera le nez d'un coup de poing ou me pochera les deux yeux ! »

Peu après, il se souvint qu'il avait très-sommairement déjeuné et s'avisa que le cauchemar était peut-être engendré par la diète. Il descendit aux cinq minutes d'arrêt et demanda un bouillon. On lui servit du vermicelle très-chaud, et il souffla dans sa tasse comme un dauphin dans le Bosphore.

Un homme passa devant lui sans le heurter, sans lui rien dire, sans le voir. Et pourtant la tasse sauta dans les mains du riche Nicolas Meiser, le vermicelle s'appliqua sur son gilet et sa chemise, où il forma un lacet élégant qui rappelait l'architecture de la porte Saint-Martin. Quelques fils jaunâtres, détachés de la masse, pendaient en stalactites aux boutons de la redingote. Le vermicelle s'arrêta à la surface, mais le bouillon pénétra beaucoup plus loin. Il était chaud à faire plaisir ; un œuf qu'on y eût laissé dix minutes aurait été un œuf dur. Fatal bouillon, qui se répandit non-seulement dans les poches, mais dans les replis les plus secrets de l'homme lui-même ! La cloche du départ sonna, le garçon du buffet réclama douze sous, et Meiser remonta en voiture, précédé d'un plastron de vermicelle et suivi d'un petit filet de bouillon qui ruisselait le long des mollets.

Tout cela, parce qu'il avait vu ou cru voir la terrible figure du colonel Fougas mangeant des sandwiches !

Oh ! que le voyage lui parut long ! Comme il lui tardait de se voir chez lui, entre sa femme Catherine et sa servante Berbel, toutes les portes bien closes ! Les deux voisins riaient à ventre déboutonné ; on riait dans le compartiment de droite et le compartiment de gauche. À mesure qu'il arrachait le vermicelle, les petits yeux du bouillon se figeaient au grand air et semblaient rire silencieusement. Qu'il est dur pour un gros millionnaire d'amuser les gens qui n'ont pas le sou ! Il ne descendit plus jusqu'à Dantzig, il ne mit pas le nez à la portière, il s'entretint seul à seul avec sa pipe de porcelaine, où Léda caressait un cygne, et ne riait point.

Triste, triste voyage ! On arriva pourtant. Il était huit heures du soir ; le vieux domestique attendait avec des crochets pour emporter la malle du maître. Plus de figures redoutables, plus de rires moqueurs. L'histoire du bouillon était tombée dans l'oubli comme un discours de M. Keller. Déjà Meiser, dans la salle des bagages, avait saisi par la poignée une malle de veau noir, lorsqu'il vit à l'extrémité opposée le spectre de Fougas qui tirait en sens inverse et semblait résolu à lui disputer son bien. Il se roidit, tira plus fort et plongea même sa main gauche dans la poche où dormait le revolver. Mais le regard lumineux du colonel le fascina, ses jambes ployèrent, il tomba, et crut voir que Fougas et la malle de veau noir tombaient aussi l'un sur l'autre. Lorsqu'il revint à lui, son vieux domestique lui tapait dans les mains, la malle était posée sur les crochets, et le colonel avait disparu. Le domestique jura qu'il n'avait vu personne et qu'il avait reçu la malle lui-même des propres mains du facteur.

Vingt minutes plus tard, le millionnaire était dans sa maison et se frottait joyeusement la face contre les angles aigus de sa femme. Il n'osa lui conter ses visions, car Mme Meiser était un esprit fort en son genre. C'est elle qui lui parla de Fougas.

« Il m'est arrivé toute une histoire, lui dit-elle. Croirais-tu que la police nous écrit de Berlin pour demander si notre oncle nous a laissé une momie, et à quelle époque, et combien de temps nous l'avons gardée, et ce que nous en avons fait ? J'ai répondu la vérité, ajoutant que ce colonel Fougas était en si mauvais état et tellement détérioré par les mites, que nous l'avions vendu comme un chiffon. Qu'est-ce que la police a donc à voir dans nos affaires ? »

Meiser poussa un profond soupir.

« Parlons argent, reprit la dame. Le gouverneur de la Banque est venu me voir. Le million que tu lui as demandé pour demain est prêt ; on le délivrera sur ta signature. Il paraît qu'ils ont eu beaucoup de peine à se procurer la somme en écus ; si tu avais voulu du papier sur Vienne ou sur Paris, tu les aurais mis à leur aise. Mais enfin, ils ont fait ce que tu as désiré. Pas d'autres nouvelles, sinon que Schmidt, le marchand, s'est tué. Il avait une échéance de dix mille thalers, et pas moitié de la somme dans sa caisse. Il est venu me demander de l'argent ; j'ai offert dix mille thalers à vingt-cinq, payables à quatre-vingt-dix jours, avec première hypothèque sur les bâtiments. L'imbécile a mieux aimé se pendre dans sa boutique ; chacun son goût.

— S'est-il pendu bien haut ?

— Je n'en sais rien ; pourquoi ?

— Parce qu'on pourrait avoir un bout de corde à bon marché, et nous en avons grand besoin ma pauvre Catherine ! Ce colonel Fougas me donne un tracas !

— Encore tes idées ! Viens souper, mon chéri.

— Allons ! »

La Baucis anguleuse conduisit son Philémon dans une belle et grande salle à manger où Berbel servit un repas digne des dieux. Potage aux boulettes de pain anisé, boulettes de poisson à la sauce noire, boulettes de mouton farci, boulettes de gibier, choucroute au lard entourée de pommes de terre frites, lièvre rôti à la gelée de groseille, écrevisses en buisson, saumon de la Vistule, gelées, tartes aux fruits, et le reste. Six bouteilles de vin du Rhin, choisies entre les meilleurs crus, attendaient sous leur capuchon d'argent une accolade du maître. Mais le seigneur de tous ces biens n'avait ni faim ni soif. Il mangeait du bout des dents et buvait du bout des lèvres, dans l'attente d'un grand événement qui d'ailleurs ne se fit guère attendre. Un coup de marteau formidable ébranla bientôt la maison.

Nicolas Meiser tressaillit ; sa femme entreprit de le rassurer. « Ce n'est rien, lui disait-elle. Le gouverneur de la Banque m'a dit qu'il viendrait te parler. Il offre de nous payer la prime, si nous prenons du papier au lieu des écus.

— Il s'agit bien d'argent ! s'écria le bonhomme. C'est l'enfer qui vient nous visiter ! »

Au même instant la servante se précipita dans la chambre en criant : « Monsieur ! madame ! c'est le Français des trois cercueils ! Jésus ! Marie, mère de Dieu ! »

Fougas salua et dit : « Bonnes gens, ne vous dérangez pas, je vous en prie. Nous avons une petite affaire à débattre ensemble et je m'apprête à vous l'exposer en deux mots. Vous êtes pressés, moi aussi ; vous n'avez pas soupé, ni moi non plus ! »

Mme Meiser, plus immobile et plus maigre qu'une statue du treizième siècle, ouvrait une grande bouche édentée. L'épouvante la paralysait. L'homme, mieux préparé à la visite du fantôme, arma son revolver sous la table et visa le colonel en criant : Vade retro, Satanas ! L'exorcisme et le pistolet ratèrent en même temps.

Meiser ne se découragea point : il tira les six coups l'un après l'autre sur le démon qui le regardait faire. Rien ne partit.

« À quel diable de jeu jouez-vous ? dit le colonel en se mettant à cheval sur une chaise. On n'a jamais reçu la visite d'un honnête homme avec ce cérémonial. »

Meiser jeta son revolver et se traîna comme une bête jusqu'aux pieds de Fougas. Sa femme qui n'était pas plus rassurée le suivit. L'un et l'autre joignirent les mains, et le gros homme s'écria :

« Ombre ! j'avoue mes torts, et je suis prêt à les réparer. Je suis coupable envers toi, j'ai transgressé les ordres de mon oncle. Que veux-tu ? Que commandes-tu ? Un tombeau ? Un riche monument ? Des prières ? Beaucoup de prières ?

— Imbécile ! dit Fougas en le repoussant du pied. Je ne suis pas une ombre, et je ne réclame que l'argent que tu m'as volé ! »

Meiser roulait encore, et déjà sa petite femme, debout, les poings sur la hanche, tenait tête au colonel Fougas.

« De l'argent, criait-elle. Mais nous ne vous en devons pas ! Avez-vous des titres ? montrez-nous un peu notre signature ! Où en serait-on, juste Dieu ! s'il fallait donner de l'argent à tous les aventuriers qui se présentent ? Et d'abord, de quel droit vous êtes-vous introduit dans notre domicile, si vous n'êtes pas une ombre ? Ah ! vous êtes un homme comme les autres ! Ah ! vous n'êtes pas un esprit ! Eh bien ! monsieur, il y a des juges à Berlin ; il y en a même dans les provinces, et nous verrons bien si vous touchez à notre argent ! Relève-toi donc, grand nigaud : ce n'est qu'un homme ! Et vous, le revenant, hors d'ici ! décampez ! »

Le colonel ne bougea non plus qu'un roc.

« Diable soit des langues de femme ! Asseyez-vous, la vieille… et éloignez vos mains de mes yeux : ça pique. Toi, l'enflé, remonte sur ta chaise, et écoute-moi. Il sera toujours temps de plaider, si nous n'arrivons pas à nous entendre. Mais le papier timbré me pue au nez : c'est pourquoi j'aime mieux traiter à l'amiable. »

M. et Mme Meiser se remirent de leur première émotion. Ils se défiaient des magistrats, comme tous ceux qui n'ont pas la conscience nette. Si le colonel était un pauvre diable qu'on pût éconduire moyennant quelques thalers, il valait mieux éviter le procès.

Fougas leur déduisit le cas avec une rondeur toute militaire. Il prouva l'évidence de son droit, raconta qu'il avait fait constater son identité à Fontainebleau, à Paris, à Berlin ; cita de mémoire deux ou trois passages du testament, et finit par déclarer que le gouvernement prussien, d'accord avec la France, appuierait au besoin ses justes réclamations.

« Tu comprends bien, ajouta-t-il en secouant Meiser par le bouton de son habit, que je ne suis pas un renard de la chicane. Si tu avais le poignet assez vigoureux pour manœuvrer un bon sabre, nous irions sur le terrain, bras dessus, bras dessous, et je te jouerais la somme en trois points, aussi vrai que tu sens le bouillon !

— Heureusement, monsieur, dit Meiser, mon âge me met à l'abri de toute brutalité. Vous ne voudriez pas fouler aux pieds le cadavre d'un vieillard !

— Vénérable canaille ! mais tu m'aurais tué comme un chien, si ton pistolet n'avait pas raté !

— Il n'était pas chargé, monsieur le colonel ! Il n'était… presque pas chargé ! Mais je suis un homme accommodant et nous pouvons très-bien nous entendre. Je ne vous dois rien, et d'ailleurs il y a prescription ; mais enfin… combien demandez-vous ?

— Voilà qui est parlé. À mon tour ! »

La complice du vieux coquin adoucit le timbre de sa voix : figurez-vous une scie léchant un arbre avant de le mordre.

« Écoute, mon Claus, écoute ce que va dire M. le colonel Fougas. Tu vas voir comme il est raisonnable ! Ce n'est pas lui qui penserait à ruiner de pauvres gens comme nous. Ah ! ciel ! il n'en est pas capable. C'est un si noble cœur ! Un homme si désintéressé ! Un digne officier du grand Napoléon (Dieu ait son âme !).

— Assez, la vieille ! dit Fougas avec un geste énergique qui trancha ce discours par le milieu. J'ai fait faire à Berlin le compte de ce qui m'est dû en capital et intérêts.

— Des intérêts ! cria Meiser. Mais en quel pays, sous quelle latitude fait-on payer les intérêts de l'argent ? Cela se voit peut-être dans le commerce, mais entre amis ! jamais, au grand jamais, mon bon monsieur le colonel ! Que dirait mon pauvre oncle, qui nous voit du haut des cieux, s'il savait que vous réclamez les intérêts de sa succession ?

— Mais, tais-toi donc, Nickle ! reprit la femme. M. le colonel vient de te dire lui-même qu'il ne voulait pas entendre parler des intérêts.

— Nom d'un canon rayé ! vous tairez-vous, pies borgnes ? Je crève de faim, moi, et je n'ai pas apporté mon bonnet de coton pour coucher ici !... Voici l'affaire. Vous me devez beaucoup, mais la somme n'est pas ronde, il y a des fractions et je suis pour les affaires nettes. D'ailleurs, mes goûts sont modestes. J'ai ce qu'il me faut pour ma femme et pour moi ; il ne s'agit plus que de pourvoir mon fils !

— Très-bien ! cria Meiser. Je me charge de l'éducation du petit !...

— Or, depuis une dizaine de jours que je suis redevenu citoyen du monde, il y a un mot que j'entends dire partout. À Paris comme à Berlin, on ne parle plus que de millions ; il n'est plus question d'autre chose et tous les hommes ont des millions plein la bouche. À force d'en entendre parler, j'ai eu la curiosité de savoir ce que c'est. Allez me chercher un million, et je vous donne quittance ! »

Si vous voulez vous faire une idée approximative des cris perçants qui lui répondirent, allez au jardin des plantes à l'heure du déjeuner des oiseaux de proie, et essayez de leur arracher la viande du bec. Fougas se boucha les oreilles et demeura inébranlable. Les prières, les raisonnements, les mensonges, les flatteries, les bassesses glissaient sur lui comme la pluie sur un toit de zinc. Mais à dix heures du soir, lorsqu'il jugea que tout accommodement était impossible, il prit son chapeau :

« Bonsoir, dit-il. Ce n'est plus un million qu'il me faut, mais deux millions et le reste. Nous plaiderons. Je vais souper. »

Il était déjà dans l'escalier, quand Mme Meiser dit à son mari :

« Rappelle-le et donne-lui son million !

— Es-tu folle ?

— N'aie pas peur.

— Je ne pourrai jamais !

— Dieu ! que les hommes sont bêtes ! Monsieur ! monsieur Fougas ! monsieur le colonel Fougas ! Remontez, je vous en prie ! nous consentons à tout ce que vous voulez !

— Sacrebleu ! dit-il en rentrant, vous auriez bien dû vous décider plus tôt. Mais enfin, voyons la monnaie ! »

Mme Meiser lui expliqua de sa voix la plus tendre que les pauvres capitalistes comme eux n'avaient pas un million dans leur caisse.

« Mais vous ne perdrez rien pour attendre, mon doux monsieur ! Demain, vous toucherez la somme en bel argent blanc : mon mari va vous signer un bon sur la banque royale de Dantzig.

— Mais… » disait encore l'infortuné Meiser. Il signa cependant, car il avait une confiance sans bornes dans le génie pratique de Catherine. La vieille pria Fougas de s'asseoir au bout de la table et lui dicta une quittance de deux millions, pour solde de tout compte. Vous pouvez croire qu'elle n'oublia pas un mot des formules légales et qu'elle se mit en règle avec le code prussien. La quittance, écrite en entier de la main du colonel, remplissait trois grandes pages.

Ouf ! Il signa et parapha la chose et reçut en échange la signature de Nicolas, qu'il savait bonne.

« Décidément, dit-il au vieillard, tu n'es pas aussi arabe qu'on me l'avait dit à Berlin. Touche là, vieux fripon ! Je ne donne la main qu'aux honnêtes gens à l'ordinaire ; mais dans un jour comme celui-ci, on peut faire un petit extra.

— Faites-en deux, monsieur Fougas, dit humblement Mme Meiser. Acceptez votre part de ce modeste souper !

— Parbleu ! la vieille ; ça n'est pas de refus. Mon souper doit être froid à l'auberge de la Cloche, et vos plats qui fument sur leurs réchauds m'ont déjà donné plus d'une distraction. D'ailleurs, voilà des flûtes de verre jaunâtre sur lesquelles Fougas ne sera pas fâché de jouer un air. »

La respectable Catherine fit ajouter un couvert et commanda à Berbel d'aller se mettre au lit. Le colonel plia en huit le million du père Meiser, l'enveloppa soigneusement dans un paquet de billets de banque et serra le tout dans ce petit carnet que sa chère Clémentine lui avait envoyé. Onze heures sonnaient à la pendule.

À onze heures et demie, Fougas commença à voir le monde en rose. Il loua hautement le vin du Rhin et remercia les Meiser de leur hospitalité. À minuit, il leur rendit son estime. À minuit un quart, il les embrassa. À minuit et demi, il fit l'éloge de l'illustre Jean Meiser, son bienfaiteur et son ami. Lorsqu'il apprit que Jean Meiser était mort dans cette maison, il versa un torrent de larmes. À une heure moins un quart, il entra dans la voie des confidences, parla de son fils qu'il allait rendre heureux, de sa fiancée qui l'attendait. Vers une heure, il goûta d'un célèbre vin de Porto que Mme Meiser était allée chercher elle-même à la cave. À une heure et demie, sa langue s'épaissit, ses yeux se voilèrent, il lutta quelque temps contre l'ivresse et le sommeil, annonça qu'il allait raconter la campagne de Russie, murmura le nom de l'Empereur, et glissa sous la table.

« Tu me croiras si tu veux, dit Mme Meiser à son mari, ce n'est pas un homme qui est entré dans notre maison, c'est le diable !

— Le diable !

— Sans cela, t'aurais-je conseillé de lui donner un million ? J'ai entendu une voix qui me disait : « Si vous n'obéissez à l'envoyé des enfers, vous mourrez cette nuit l'un et l'autre. » C'est alors que je l'ai rappelé dans l'escalier. Ah ! si nous avions eu affaire à un homme, je t'aurais dit de plaider jusqu'à notre dernier sou.

— À la bonne heure ! Eh bien te moqueras-tu encore de mes visions ?

— Pardonne-moi, mon Claus, j'étais folle !

— Et moi qui avais fini par le croire ?

— Pauvre innocent ! tu croyais peut-être aussi que c'était M. le colonel Fougas !

— Dame !

— Comme s'il était possible de ressusciter un homme ! C'est un démon, te dis-je, qui a pris les traits du colonel pour nous voler notre argent !

— Qu'est-ce que les démons peuvent faire avec de l'argent ?

— Tiens ! ils construisent des cathédrales !

— Mais à quoi reconnaît-on le diable quand il est déguisé ?

— D'abord à son pied fourchu, mais il met des bottes ; ensuite à son oreille raccommodée.

— Bah ! Et pourquoi ?

— Parce que le diable a l'oreille pointue, et que, pour la faire ronde, il faut la recouper. »

Meiser se pencha sous la table et poussa un cri d'épouvante.

« C'est bien le diable ! dit-il. Mais comment s'est-il laissé endormir ?

— Tu n'as donc pas vu qu'en remontant de la cave j'ai passé par ma chambre ? J'ai mis une goutte d'eau bénite dans le vin de Porto : charme contre charme ! et il est tombé.

— Voilà qui va bien. Mais qu'est-ce que nous en ferons, maintenant qu'il est en notre pouvoir ?

— Qu'est-ce qu'on fait des démons, dans les Écritures ? Le Seigneur les jette à la mer.

— La mer est loin de chez nous.

— Mais, grand enfant ! le puits public est tout près !

— Et que va-t-on dire demain quand on trouvera son corps ?

— On ne trouvera rien du tout, et même ce papier qu'il nous a signé sera changé en feuille sèche. »

Dix minutes plus tard, M. et Mme Meiser ballottaient quelque chose de lourd au-dessus du puits public, et dame Catherine murmurait à demi-voix l'incantation suivante :

« Démon, fils de l'enfer, sois maudit !

« Démon, fils de l'enfer, sois précipité !

« Démon, fils de l'enfer, retourne dans l'enfer ! »

Un bruit sourd, le bruit d'un corps qui tombe à l'eau, termina la cérémonie, et les deux conjoints rentrèrent chez eux, avec la satisfaction qui suit toujours un devoir accompli. Nicolas disait en lui-même :

« Je ne la croyais pas si crédule !

— Je ne le savais pas si naïf ! » pensait la digne Kettle, épouse légitime de Claus.

Ils dormirent du sommeil de l'innocence. Ah ! que leurs oreillers leur auraient semblé moins doux si Fougas était rentré chez lui avec le million !

À dix heures du matin, comme ils prenaient leur café au lait avec des petits pains au beurre, le gouverneur de la Banque entra chez eux et leur dit :

« Je vous remercie d'avoir accepté une traite sur Paris au lieu du million en argent, et sans prime. Ce jeune Français que vous nous avez envoyé est un peu brusque, mais bien gai et bon enfant. »

XVIII

Le colonel chercher à se débarrasser d'un million qui le gêne.

Fougas avait quitté Paris pour Berlin le lendemain de son audience. Il mit trois jours à faire la route, car il s'arrêta quelque temps à Nancy. Le maréchal lui avait donné une lettre de recommandation pour le préfet de la Meurthe, qui le reçut fort bien et promit de l'aider dans ses recherches. Malheureusement, la maison où il avait aimé Clémentine Pichon n'existait plus. La municipalité l'avait démolie vers 1827, en perçant une rue. Il est certain que les édiles n'avaient pas abattu la famille avec la maison, mais une nouvelle difficulté surgit tout à coup : le nom de Pichon surabondait dans la ville, dans la banlieue et dans le département. Entre cette multitude de Pichon, Fougas ne savait à qui sauter au cou. De guerre lasse et pressé de courir sur le chemin de la fortune, il laissa une note au commissaire de police :

« Rechercher, sur les registres de l'État civil et ailleurs, une jeune fille appelée Clémentine Pichon. Elle avait dix-huit ans en 1813 ; ses parents tenaient une pension pour les officiers. Si elle vit, trouver son adresse ; si elle est morte, s'enquérir de ses héritiers. Le bonheur d'un père en dépend ! »

En arrivant à Berlin, le colonel apprit que sa réputation l'avait précédé. La note du ministre de la guerre avait été transmise au gouvernement prussien par la légation de France ; Léon Renault, dans sa douleur, avait trouvé le temps d'écrire un mot au docteur Hirtz ; les journaux commençaient à parler et les sociétés savantes à s'émouvoir. Le Prince Régent ne dédaigna pas d'interroger son médecin : l'Allemagne est un pays bizarre où la science intéresse les princes eux-mêmes.

Fougas, qui avait lu la lettre du docteur Hirtz annexée au testament de M. Meiser, pensa qu'il devait quelques remercîments au bonhomme. Il lui fit une visite et l'embrassa en l'appelant oracle d'Épidaure. Le docteur s'empara de lui, fit prendre ses bagages à l'hôtel, et lui donna la meilleure chambre de sa maison. Jusqu'au 29 du mois, le colonel fut choyé comme un ami et exhibé comme un phénomène. Sept photographes se disputèrent un homme si précieux : les villes de Grèce n'ont rien fait de plus pour notre pauvre vieil Homère. S. A. R. le Prince Régent voulut le voir en personne naturelle, et pria M. Hirtz de l'amener au palais. Fougas se fit un peu tirer l'oreille : il prétendait qu'un soldat ne doit pas frayer avec l'ennemi, et se croyait encore en 1813.

Le prince est un militaire distingué, qui a commandé en personne au fameux siège de Rastadt. Il prit plaisir à la conversation de Fougas ; l'héroïque naïveté de ce jeune grognard le ravit. Il lui fit de grands compliments et lui dit que l'empereur des Français était bien heureux d'avoir autour de lui des officiers de ce mérite.

« Il n'en a pas beaucoup, répliqua le colonel. Si nous étions seulement quatre ou cinq cents de ma trempe, il y a longtemps que votre Europe serait dans le sac ! »

Cette réponse parut plus comique que menaçante, et l'effectif de l'armée prussienne ne fut pas augmenté ce jour-là.

Son Altesse Royale annonça directement à Fougas que son indemnité avait été réglée à deux cent cinquante mille francs, et qu'il pourrait toucher cette somme au Trésor des qu'il le jugerait agréable.

« Monseigneur, répondit-il, il est toujours agréable d'empocher l'argent de l'ennem… de l'étranger. Mais, tenez ! je ne suis pas un thuriféraire de Plutus : rendez-moi le Rhin et Posen, et je vous laisse vos deux cent cinquante mille francs.

— Y songez-vous ? dit le prince en riant. Le Rhin et Posen !

— Le Rhin est à la France et Posen à la Pologne, bien plus légitimement que cet argent n'est à moi. Mais voilà mes grands seigneurs : ils se font un devoir de payer les petites dettes et un point d'honneur de nier les grandes ! »

Le prince fit la grimace, et tous les visages de la cour se mirent à grimacer uniformément. On trouva que M. Fougas avait fait preuve de mauvais goût en laissant tomber une miette de vérité dans un gros plat de bêtises.

Mais une jolie petite baronne viennoise, qui assistait à sa présentation, fut beaucoup plus charmée de sa figure que scandalisée de ses discours. Les dames de Vienne se sont fait une réputation d'hospitalité qu'elles s'efforcent de justifier partout, et même hors de leur patrie.

La baronne de Marcomarcus avait encore une autre raison d'attirer le colonel : depuis deux ou trois ans, elle faisait collection d'hommes célèbres, en photographie, bien entendu. Son album était peuplé de généraux, d'hommes d'État, de philosophes et de pianistes, qui s'étaient donnés à elle en écrivant au bas, du portrait : « Hommage respectueux. » On y comptait plusieurs prélats romains et même un cardinal célèbre, mais il y manquait un revenant. Elle écrivit donc à Fougas un billet tout petillant d'impatience et de curiosité pour le prier à souper chez elle. Fougas, qui partait le lendemain pour Dantzig, prit une feuille de papier grand-aigle et se mit en devoir de s'excuser poliment. Il craignait, ce cœur délicat et chevaleresque, qu'une soirée de conversation et de plaisir dans la compagnie des plus jolies femmes de l'Allemagne, ne fût comme une infidélité morale au souvenir de Clémentine. Il chercha donc une formule convenable et écrivit :

« Trop indulgente beauté, je… » La muse ne lui dicta rien de plus. Il n'était pas en train d'écrire, il se sentait plutôt en humeur de souper. Ses scrupules se dissipèrent comme des nuages chassés par un joli vent de nord-est ; il endossa la redingote à brandebourgs, et porta sa réponse lui-même. C'était la première fois qu'il soupait depuis sa résurrection. Il fit preuve d'un bel appétit et s'enivra quelque peu, mais non pas comme à son ordinaire. La baronne de Marcomarcus, émerveillée de son esprit et de sa verve intarissable, le garda le plus longtemps qu'elle put. Et maintenant encore, elle dit à ses amis en leur montrant le portrait du colonel : « Il n'y a que ces officiers français pour faire la conquête du monde ! »

Le lendemain, il boucla une malle de veau noir qu'il avait achetée à Paris, toucha son argent au Trésor et se mit en route pour Dantzig. Il dormit en wagon, parce qu'il avait soupé la veille. Un ronflement terrible l'éveilla. Il chercha le ronfleur, ne le trouva point autour de lui, ouvrit la porte, du compartiment voisin, car les wagons allemands sont beaucoup plus commodes que les nôtres, et secoua un gros monsieur qui paraissait cacher tout un jeu d'orgues dans son corps. À l'une des stations, il but une bouteille de vin de Marsala et mangea deux douzaines de sandwiches, parce que le souper de la veille lui avait creusé l'estomac. À Dantzig, il arracha sa malle noire aux mains d'un énorme filou qui s'apprêtait à la prendre.

Il se fit conduire au meilleur hôtel de la ville, y commanda son souper, et courut à la maison de M. et Mme Meiser. Ses amis de Berlin lui avaient donné des renseignements sur cette charmante famille. Il savait qu'il aurait affaire au plus riche et au plus avare des fripons : c'est pourquoi il prit le ton cavalier qui a pu sembler étrange à plus d'un lecteur dans le chapitre précédent.

Malheureusement, il s'humanisa un peu trop lorsqu'il eut son million en poche. La curiosité d'étudier à fond les longues bouteilles jaunes faillit lui jouer un mauvais tour. Sa raison s'égara, vers une heure du matin, si j'en crois ce qu'il a raconté lui-même. Il assure qu'après avoir dit adieu aux braves gens qui l'avaient si bien traité, il se laissa tomber dans un puits profond et large, dont la margelle, à peine élevée au-dessus du niveau de la rue, mériterait au moins un lampion. « Je m'éveillai (c'est toujours lui qui parle) dans une eau très-fraîche et d'un goût excellent. Après avoir nagé une ou deux minutes en cherchant un point d'appui solide, je saisis une grosse corde et je remontai sans effort à la surface du sol qui n'était pas à plus de quarante pieds. Il ne faut que des poignets et un peu de gymnastique, et ce n'est nullement un tour de force. En sautant sur le pavé, je me vis en présence d'une espèce de guetteur de nuit qui braillait les heures dans la rue et me demanda insolemment ce que je faisais là. Je le rossai d'importance, et ce petit exercice me fit du bien en rétablissant la circulation du sang. Avant de retourner à l'auberge, je m'arrêtai sous un réverbère, j'ouvris mon portefeuille, et je vis avec plaisir que mon million n'était pas mouillé. Le cuir était épais et le fermoir solide ; d'ailleurs, j'avais enveloppé le bon de M. Meiser dans une demi-douzaine de billets de cent francs, gras comme des moines. Ce voisinage l'avait préservé. »

Cette vérification faite, il rentra, se mit au lit et dormit à poings fermés. Le lendemain, en s'éveillant, il reçut la note suivante, émanée de la police de Nancy :

« Clémentine Pichon, dix-huit ans, fille mineure d'Auguste Pichon, hôtelier, et de Léonie Francelot, mariée en cette ville le 11 janvier 1814 à Louis-Antoine Langevin, sans profession désignée.

« Le nom de Langevin est aussi rare dans le département que le nom de Pichon y est commun. À part l'honorable M. Victor Langevin, conseiller de préfecture à Nancy, on ne connaît que le nommé Langevin (Pierre), dit Pierrot, meunier dans la commune de Vergaville, canton de Dieuze. »

Fougas sauta jusqu'au plafond en criant :

« J'ai un fils ! »

Il appela le maître d'hôtel et lui dit :

« Fais ma note et envoie mes bagages au chemin de fer. Prends mon billet pour Nancy ; je ne m'arrêterai pas en route. Voici deux cents francs que je te donne pour boire à la santé de mon fils ! Il s'appelle Victor comme moi ! Il est conseiller de préfecture ! Je l'aimerais mieux soldat, n'importe ! Ah ! fais-moi d'abord conduire à la Banque ! Il faut que j'aille chercher un million qui est à lui ! »

Comme il n'y a pas de service direct entre Dantzig et Nancy, il fut obligé de s'arrêter à Berlin. M. Hirtz, qu'il vit en passant, lui annonça que les sociétés savantes de la ville préparaient un immense banquet en son honneur ; mais il refusa net.

« Ce n'est pas, dit-il, que je méprise une occasion de boire en bonne compagnie, mais la nature a parlé : sa voix m'attire ! L'ivresse la plus douce à tous les cœurs bien nés est celle de l'amour paternel ! »

Pour préparer son cher enfant à la joie d'un retour si peu attendu, il mit son million sous enveloppe à l'adresse de M. Victor Langevin, avec une longue lettre qui se terminait ainsi :

« La bénédiction d'un père est plus précieuse que tout l'or du monde ! Victor Fougas. »

La trahison de Clémentine Pichon froissa légèrement son amour-propre ; mais il en fut bientôt consolé.

« Au moins, pensait-il, je ne serai pas forcé d'épouser une vieille femme quand il y en a une jeune à Fontainebleau qui m'attend. Et puis mon fils a un nom et même un nom très-présentable. Fougas est beaucoup mieux, mais Langevin n'est pas mal. »

Il débarqua le 2 septembre à six heures du soir dans cette belle grande ville un peu triste, qui est le Versailles de la Lorraine. Son cœur battait à tout rompre. Pour se donner des forces, il dîna bien. Le maître de l'hôtel, interrogé au dessert, lui fournit les meilleurs renseignements sur M. Victor Langevin : un homme encore jeune, marié depuis six ans, père d'un garçon et d'une fille, estimé dans le pays et bien dans ses affaires.

« J'en étais sûr, » dit Fougas.

Il se versa rasade d'un certain kirsch de la forêt Noire qui lui parut délicieux avec des macarons.

Ce soir-là, M. Langevin raconta à sa femme qu'en revenant du cercle, à dix heures, il avait été accosté brutalement par un ivrogne. Il le prit d'abord pour un malfaiteur et s'apprêta à se défendre ; mais l'homme se contenta de l'embrasser et s'enfuit à toutes jambes. Ce singulier accident jeta les deux époux dans une série de conjectures plus invraisemblables les unes que les autres. Mais comme ils étaient jeunes tous les deux, et mariés depuis sept ans à peine, ils changèrent bientôt de conversation.

Le lendemain matin, Fougas, chargé de bonbons comme un baudet de farine, se présenta chez M. Langevin. Pour se faire bien venir de ses deux petits-enfants, il avait écrémé la boutique du célèbre Lebègue, qui est le Boissier de Nancy. La servante qui lui ouvrit la porte demanda si c'était lui que monsieur attendait.

« Bon ! dit-il ; ma lettre est arrivée ?

— Oui, monsieur ; hier matin. Et vos malles ?

— Je les ai laissées à l'hôtel.

— Monsieur ne sera pas content. Votre chambre est prête là-haut.

— Merci ! merci ! merci ! Prends ce billet de cent francs pour la bonne nouvelle.

— Oh monsieur, il n'y avait pas de quoi !

— Mais où est-il ? Je veux le voir, l'embrasser, lui dire…

— Il s'habille, monsieur, et madame aussi.

— Et les enfants, mes chers petits-enfants ?

— Si vous voulez les voir, ils sont là dans la salle à manger.

— Si je le veux ! Ouvre bien vite ! »

Il trouva que le petit garçon lui ressemblait, et il se réjouit de le voir en costume d'artilleur avec un sabre. Ses poches se vidèrent sur le parquet et les deux enfants, à la vue de tant de bonnes choses, lui sautèrent au cou.

« Ô philosophes ! s'écria le colonel, oseriez-vous nier la voix de la nature ? »

Une jolie petite dame (toutes les jeunes femmes sont jolies à Nancy) accourut aux cris joyeux de la marmaille.

« Ma belle-fille ! » cria Fougas en lui tendant les bras.

La maîtresse du logis se recula prudemment et dit avec un fin sourire :

« Vous vous trompez, monsieur ; je ne suis ni vôtre, ni belle, ni fille ; je suis Mme Langevin.

— Que je suis bête, pensa le colonel ; j'allais raconter devant ces enfants nos secrets de famille ! De la tenue, Fougas ! Tu es dans un monde distingué, où l'ardeur des sentiments les plus doux se cache sous le masque glacé de l'indifférence.

— Asseyez-vous, dit Mme Langevin ; j'espère que vous avez fait bon voyage ?

— Oui, madame. À cela près que la vapeur me paraissait trop lente !

— Je ne vous savais pas si pressé d'arriver.

— Vous ne comprenez pas que je brûlais d'être ici ?

— Tant mieux ; c'est une preuve que la raison et la famille se sont fait entendre à la fin.

— Est-ce ma faute, à moi, si la famille n'a pas parlé plus tôt ?

— L'important, c'est que vous l'ayez écoutée. Nous tâcherons que vous ne vous ennuyiez pas à Nancy.

— Et comment le pourrais-je, tant que je demeurerai au milieu de vous ?

— Merci. Notre maison sera la vôtre. Mettez-vous dans l'esprit que vous êtes de la famille

— Dans l'esprit et dans le cœur, madame.

— Et vous ne songerez plus à Paris ?

— Paris !... je m'en moque comme de l'an quarante ?

— Je vous préviens qu'ici l'on ne se bat pas en duel.

— Comment ? vous savez déjà...

— Nous savons tout, et même l'histoire de ce fameux souper avec des femmes un peu légères.

— Comment diable avez-vous appris ?… Mais cette fois-là, écoutez, j'étais bien excusable. »

M. Langevin parut à son tour, rasé de frais et rubicond ; un joli type de sous-préfet en herbe.

« C'est admirable, pensa Fougas, comme nous nous conservons dans la famille ! On ne donnerait pas trente-cinq ans à ce gaillard-là, et il en a bel et bien quarante-six. Par exemple, il ne me ressemble pas du tout, il tient de sa mère !

— Mon ami, dit Mme Langevin, voici un mauvais sujet qui promet d'être bien sage.

— Soyez le bienvenu, jeune homme ! » dit le conseiller en serrant la main de Fougas.

Cet accueil parut froid à notre pauvre héros. Il rêvait une pluie de baisers et de larmes, et ses enfants se contentaient de lui serrer la main.

« Mon enf…, monsieur, dit-il à Langevin, il manque une personne à notre réunion. Quelques torts réciproques, et d'ailleurs prescrits par le temps, ne sauraient élever entre nous une barrière insurmontable. Oserais-je vous demander la faveur d'être présenté à Mme votre mère ? »

M. Langevin et sa femme ouvraient de grands yeux étonnés.

« Comment, monsieur, dit le mari, il faut que la vie de Paris vous ait fait perdre la mémoire. Ma pauvre mère n'est plus ! Il y a déjà trois ans que nous l'avons perdue ! »

Le bon Fougas fondit en larmes.

« Pardon ! dit-il, je ne le savais pas. Pauvre femme !

— Je ne vous comprends pas ! Vous connaissiez ma mère ?

— Ingrat !

— Drôle de garçon ! Mais vos parents ont reçu une lettre de part ?

— Quels parents ?

— Votre père et votre mère !

— Ah çà ! qu'est-ce vous me chantez ? Ma mère était morte avant que la vôtre ne fût de ce monde !

— Mme votre mère est morte ?

— Oui, parbleu, en 89 !

— Comment ! Ce n'est pas Mme votre mère qui vous envoie ici ?

— Monstre ! c'est mon cœur de père qui m'y amène !

— Cœur de père ?… Mais vous n'êtes donc pas le fils Jamin, qui a fait des folies dans la capitale et qu'on envoie à Nancy pour suivre les cours de l'école forestière ? »

Le colonel emprunta la voix du Jupiter tonnant répondit :

« Je suis Fougas !

— Eh bien !

— Si la nature ne te dit rien en ma faveur, fils ingrat ! interroge les mânes de ta mère !

— Parbleu ! monsieur, s'écria le conseiller, nous pourrions jouer longtemps aux propos interrompus. Asseyez-vous là, s'il vous plaît, et dites-moi votre affaire… Marie, emmène les enfants. »

Fougas ne se fit point prier. Il conta le roman de sa vie sans rien omettre, mais avec des ménagements infinis pour les oreilles filiales de M. Langevin. Le conseiller l'écouta patiemment, en homme désintéressé dans la question.

« Monsieur, dit-il enfin, je vous ai pris d'abord pour un insensé ; maintenant, je me rappelle que les journaux ont donné quelques bribes de votre histoire, et je vois que vous êtes victime d'une erreur. Je n'ai pas quarante-six ans, mais trente-quatre. Ma mère ne s'appelle pas Clémentine Pichon, mais Marie Kerval. Elle n'est pas née à Nancy, mais à Vannes, et elle était âgée de sept ans en 1813. J'ai bien l'honneur de vous saluer.

— Ah ! tu n'es pas mon fils ! reprit Fougas en colère. Eh bien ! tant pis pour toi ! n'a pas qui veut un père du nom de Fougas ! Et des fils du nom de Langevin, on n'a qu'à se baisser pour en prendre. Je sais où en trouver un, qui n'est pas conseiller de préfecture, c'est vrai, qui ne met pas un habit brodé pour aller à la messe, mais qui a le cœur honnête et simple, et qui se nomme Pierre, tout comme moi ! Mais pardon ! lorsqu'on met les gens à la porte, on doit au moins leur rendre ce qui leur appartient.

— Je ne vous empêche pas de ramasser les bonbons que mes enfants ont semés à terre.

— C'est bien de bonbons qu'il s'agit ! Mon million, monsieur !

— Quel million ?

— Le million de votre frère !… Non ! de celui qui n'est pas votre frère, du fils de Clémentine, de mon cher et unique enfant, seul rejeton de ma race, Pierre Langevin, dit Pierrot, meunier à Vergaville !

— Mais je vous jure, monsieur, que je n'ai pas de million à vous, ni à personne.

— Ose le nier, scélérat ! quand je te l'ai moi-même envoyé par la poste !

— Vous me l'avez peut-être envoyé, mais pour sûr je ne l'ai pas reçu !

— Eh bien ! défends ta vie ! »

Il lui sauta à la gorge, et peut-être la France eût-elle, perdu ce jour-là un conseiller de préfecture, si la servante n'était entrée avec deux lettres à la main. Fougas reconnut son écriture et le timbre de Berlin, déchira l'enveloppe et montra le bon sur la Banque.

« Voilà, dit-il, le million que je vous destinais si vous aviez voulu être mon fils ! Maintenant, il est trop tard pour vous rétracter. La nature m'appelle à Vergaville. Serviteur ! »

Le 4 septembre, Pierre Langevin, meunier de Vergaville, mariait Cadet Langevin son second fils. La famille du meunier était nombreuse, honnête et passablement aisée. Il y avait d'abord le grand-père, un beau vieillard solide, qui faisait ses quatre repas et traitait ses petites indispositions par le vin de Bar ou de Thiaucourt. La grand'mère Catherine avait été jolie dans les temps et quelque peu légère, mais elle expiait par une surdité absolue le crime d'avoir écouté les galants. M. Pierre Langevin, dit Pierrot, dit Gros-Pierre, après avoir cherché fortune en Amérique (c'est un usage assez répandu dans le pays), était rentré au village comme un petit saint Jean, et Dieu sait les gorges chaudes qu'on fit de sa mésaventure ! Les Lorrains sont gouailleurs au premier degré ; si vous n'entendez pas plaisanterie, je ne vous conseillerai jamais de voyager dans leurs environs. Gros-Pierre, piqué au vif, et quasi furieux d'avoir mangé sa légitime, emprunta de l'argent à dix, acheta le moulin de Vergaville, travailla comme un cheval de labour dans les terres fortes, et remboursa capital et intérêts. La fortune qui lui devait quelques dédommagements lui fournit gratis pro Deo une demi-douzaine d'ouvriers superbes : six gros garçons, que sa femme lui donna d'année en année. C'était réglé comme une horloge. Tous les ans, neuf mois jour pour jour après la fête de Vergaville, la Claudine, dite Glaudine, en baptisait un. Seulement, elle mourut après le sixième, pour avoir mangé quatre grands morceaux de quiche avant ses relevailles. Gros-Pierre ne se remaria point, attendu qu'il avait des ouvriers en suffisance, et il arrondit son bien tout doucement. Mais comme les plaisanteries durent longtemps au village, les camarades du meunier lui parlaient encore de ces fameux millions qu'il n'avait pas rapportés d'Amérique, et Gros-Pierre se fâchait tout rouge sous sa farine, ainsi qu'aux premiers jours.

Le 4 septembre donc, il mariait son cadet à une bonne grosse mère d'Altroff qui avait les joues fermes et violettes : c'est un genre de beauté qu'on goûte assez dans le pays. La noce se faisait au moulin, vu que la mariée était orpheline de père et de mère et qu'elle sortait de chez les religieuses de Molsheim.

On vint dire à Pierre Langevin qu'un monsieur décoré avait quelque chose à lui dire, et Fougas parut dans sa splendeur. « Mon bon monsieur, dit le meunier, je ne suis guère en train de parler d'affaires, parce que nous avons bu un coup de vin blanc avant la messe ; mais nous allons en boire pas mal de rouge à dîner, et si le cœur vous en dit, ne vous gênez pas ! La table est longue. Nous causerons après. Vous ne dites pas non ? Alors, c'est oui. »

— Pour le coup, pensa Fougas, je ne me trompe pas. C'est bien la voix de la nature ! J'aurais mieux aimé un militaire, mais ce brave agriculteur tout rond suffit à mon cœur. Je ne lui devrai point les satisfactions de l'orgueil ; mais n'importe ! J'ai son amitié. »

Le dîner était servi, et la table plus chargée de viandes que l'estomac de Gargantua. Gros-Pierre aussi glorieux de sa grande famille que de sa petite fortune, fit assister le colonel au dénombrement de ses fils. Et Fougas se réjouit d'apprendre qu'il avait six petits-enfants bien venus.

On le mit à la droite d'une petite vieille rabougrie qui lui fut présentée comme la grand'mère de ces gaillards-là. Dieu ! que Clémentine lui parut changée ! Excepté les yeux, qui restaient vifs et brillants, il n'y avait plus rien de reconnaissable en elle. « Voilà, pensa Fougas, comme je serais aujourd'hui, si le brave Jean Meiser ne m'avait pas desséché ! » Il souriait avec malice en regardant le grand-père Langevin, chef putatif de cette nombreuse famille. « Pauvre vieux ! murmurait Fougas, tu ne sais pas ce que tu me dois ! »

On dîne bruyamment aux noces de village. C'est un abus que la civilisation ne réformera jamais, je l'espère bien. À la faveur du bruit, le colonel causa ou crut causer avec sa voisine. « Clémentine ! » lui dit-il. Elle leva les yeux et même le nez et répondit :

— Oui, monsieur.

— Mon cœur ne m'a donc pas trompé ? vous êtes bien ma Clémentine !

— Oui, monsieur.

— Et tu m'as reconnu, brave et excellente femme !

— Oui, monsieur.

— Mais comment as-tu si bien caché ton émotion ?… Que les femmes sont fortes !… Je tombe du ciel au milieu de ton existence paisible, et tu me vois sans sourciller !

— Oui, monsieur.

— M'as-tu pardonné un crime apparent dont le destin seul fut coupable ?

— Oui, monsieur.

— Merci ! oh ! merci !… Quelle admirable famille autour de toi ! Ce bon Pierre qui m'a presque ouvert les bras en me voyant paraître, c'est mon fils, n'est-il pas vrai ?

— Oui, monsieur.

— Réjouis-toi : il sera riche ! Il a déjà le bonheur ; je lui apporte la fortune. Un million sera son partage. Quelle ivresse, ô Clémentine ! dans cette naïve assemblée, lorsque j'élèverai la voix pour dire à mon fils : « Tiens ! ce million est à toi ! » Le moment est-il venu ? Faut-il parler ? Faut-il tout dire ?

— Oui, monsieur. »

Fougas se leva donc et réclama le silence. On supposa qu'il allait chanter une chanson, et l'on se tut.

« Pierre Langevin, dit-il avec emphase, je reviens de l'autre monde et je t'apporte un million. »

Si Gros-Pierre ne voulut point se fâcher, du moins il rougit et la plaisanterie lui sembla de mauvais goût. Mais quand Fougas annonça qu'il avait aimé la grand-maman dans sa jeunesse, le vieux père Langevin n'hésita point à lui lancer une bouteille à la tête. Le fils du colonel, ses magnifiques petits-fils et jusqu'à la mariée se levèrent en grand courroux, et ce fut une belle bataille.

Pour la première fois de sa vie, Fougas ne fut point le plus fort. Il craignait d'éborgner quelqu'un de sa famille. Le sentiment paternel lui ôta les trois quarts de ses moyens.

Mais ayant appris dans la bagarre que Clémentine s'appelait Catherine, et que Pierre Langevin était né en 1810, il reprit l'avantage, pocha trois yeux, cassa un bras, déforma deux nez, enfonça quatre douzaines de dents, et regagna sa voiture avec tous les honneurs de la guerre.

« Diable soit des enfants ! disait-il en courant la poste vers la station d'Avricourt. Si j'ai un fils, qu'il me trouve ! »

XIX

Il demande et accorde la main de Clémentine.

Le 5 septembre, à dix heures du matin, Léon Renault, maigre, défait et presque méconnaissable, était aux pieds de Clémentine Sambucco, dans le salon de sa tante. Il y avait des fleurs sur la cheminée, des fleurs dans toutes les jardinières. Deux grands coquins de rayons de soleil entraient par les fenêtres ouvertes. Un million de petits atomes bleuâtres jouaient dans la lumière et se croisaient, s'accrochaient au gré de la fantaisie, comme les idées dans un volume de M. Alfred Houssaye. Dans le jardin, les pommes tombaient, les pêches étaient mûres, les frelons creusaient des trous larges et profonds dans les poires de duchesse ; les bignonias et les clématites fleurissaient ; enfin une grande corbeille d'héliotropes, étalée sous la fenêtre de gauche, était dans tout son beau. Le soleil appliquait à toutes les grappes de la treille une couche d'or bruni ; le grand yucca de la pelouse, agité par le vent comme un chapeau chinois, entre-choquait sans bruit ses clochettes argentées. Mais le fils de M. Renault était plus pâle et plus flétri que les rameaux des lilas, plus abattu que les feuilles du vieux cerisier ; son cœur était sans joie et sans espérance, comme les groseilliers sans feuilles et sans fruits !

S'être exilé de la terre natale, avoir vécu trois ans sous un climat inhospitalier, avoir passé tant de jours dans les mines profondes, tant de nuits sur un poêle de faïence avec beaucoup de punaises et passablement de mougiks, et se voir préférer un colonel de vingt-cinq louis qu'on a ressuscité soi-même en le faisant tremper dans l'eau !

Tous les hommes ont éprouvé des déceptions, mais personne coup sûr n'avait subi un malheur si peu prévu et si extraordinaire. Léon savait que la terre n'est pas une vallée de chocolat au lait ni de potage à la reine. Il connaissait la liste des infortunes célèbres, qui commence à la mort d'Abel assommé dans le paradis terrestre, et se termine au massacre de

Rubens dans la galerie du Louvre, à Paris. Mais l'histoire, qui nous instruit rarement, ne nous console jamais. Le pauvre ingénieur avait beau se répéter que mille autres avaient été supplantés la veille du mariage et cent mille autres le lendemain, la tristesse était plus forte que la raison, et trois ou quatre cheveux follets commençaient à blanchir autour de ses tempes.

« Clémentine ! disait-il, je suis le plus malheureux des hommes. En me refusant cette main que vous m'aviez promise, vous me condamnez à un supplice cent fois pire que la mort. Hélas ! que voulez-vous que je devienne sans vous ? Il faudra que je vive seul, car je vous aime trop pour en épouser une autre. Depuis tantôt quatre ans, toutes mes affections, toutes mes pensées sont concentrées sur vous ; je me suis accoutumé à regarder les autres femmes comme des êtres inférieurs, indignes d'attirer le regard d'un homme ? Je ne vous parle pas des efforts que j'ai faits pour vous mériter ; ils portaient leur récompense en eux-mêmes, et j'étais déjà trop heureux de travailler et de souffrir pour vous. Mais voyez la misère où votre abandon m'a laissé ! Un matelot jeté sur une île déserte est moins à plaindre que moi : il faudra que je demeure auprès de vous, que j'assiste au bonheur d'un autre ; que je vous voie passer sous mes fenêtres au bras de mon rival ! Ah ! la mort serait plus supportable que ce supplice de tous les jours. Mais je n'ai pas même le droit de mourir ! Mes pauvres vieux parents ont bien assez de peines. Que serait-ce, grands dieux ! si je les condamnais à porter le deuil de leur fils ? »

Cette plainte ponctuée de soupirs et de larmes déchirait le cœur de Clémentine. La pauvre enfant pleurait aussi car elle aimait Léon de toute son âme, mais elle s'était interdit de le lui dire. Plus d'une fois, en le voyant à demi pâmé devant elle, elle fut tentée de lui jeter les bras autour du cou, mais le souvenir de Fougas paralysait tous les mouvements de sa tendresse.

« Mon pauvre ami, lui disait-elle, vous me jugez bien mal si vous me croyez insensible à vos maux. Je vous connais, Léon, et cela depuis mon enfance. Je sais tout ce qu'il y a en vous de loyauté, de délicatesse, de nobles et de précieuses vertus. Depuis le temps où vous me portiez dans vos bras vers les pauvres et vous me mettiez un sou dans la main pour m'apprendre à faire l'aumône, je n'ai jamais entendu parler de bienfaisance sans penser aussitôt à vous. Lorsque vous avez battu un garçon deux fois plus grand que vous, qui m'avait pris ma poupée, j'ai senti que le courage était beau, et qu'une femme était heureuse de pouvoir s'appuyer sur un homme de cœur. Tout ce que je vous ai vu faire depuis ce temps-là n'a pu que redoubler mon estime et ma sympathie. Croyez que ce n'est ni par méchanceté ni par ingratitude que je vous fais souffrir aujourd'hui. Hélas ! je ne m'appartiens plus je suis dominée ; je ressemble à ces automates qui se meuvent sans savoir pourquoi. Oui, je sens en moi comme un ressort plus puissant que ma liberté, et c'est la volonté d'autrui qui me mène !

— Si du moins j'étais sûr que vous serez heureuse ! Mais non ! Cet homme à qui vous m'immolez ne sentira jamais le prix d'une âme aussi délicate que la vôtre ! C'est un brutal, un soudard, un ivrogne…

— Je vous en prie, Léon ! Souvenez-vous qu'il a droit à tout mon respect !

— Du respect, à lui ! Et pourquoi ? Je vous demande, au nom du ciel, ce que vous voyez de respectable dans la personne du sieur Fougas ? Son âge ? Il est plus jeune que moi. Ses talents ? Il ne les a montrés qu'à table. Son éducation ? Elle est jolie ! Ses vertus ? Je sais ce qu'il faut penser de sa délicatesse et de sa reconnaissance !

— Je le respecte, Léon, depuis que je l'ai vu dans son cercueil. C'est un sentiment plus fort que tout ; je ne l'explique pas, je le subis.

— Eh bien ! respectez-le tant que vous voudrez ! Cédez à la superstition qui vous entraîne. Voyez en lui un être miraculeux, sacré, échappé aux griffes de la mort pour accomplir quelque chose de grand sur la terre ! Mais cela même, ô ma chère Clémentine, est une barrière entre vous et lui. Si Fougas est en dehors des conditions de l'humanité, si c'est un phénomène, un être à part, un héros, un demi-dieu, un fétiche, vous ne pouvez pas songer sérieusement à devenir sa femme. Moi, je ne suis qu'un homme pareil à tous les autres, né pour travailler, pour souffrir et pour aimer. Je vous aime ! Aimez-moi !

— Polisson ! » dit Fougas en ouvrant la porte.

Clémentine poussa un cri, Léon se releva vivement, mais déjà le colonel l'avait saisi par le fond de son vêtement de nankin. L'ingénieur fut enlevé, balancé comme un atome dans un des deux rayons de soleil, et projeté au beau milieu des héliotropes, avant même qu'il eût pensé à répondre un seul mot. Pauvre Léon ! Pauvres héliotropes !

En moins d'une seconde, le jeune homme fut sur pied. Il épousseta la terre qui souillait ses genoux et ses coudes, s'approcha de la fenêtre et dit d'une voix douce mais résolue : « Monsieur le colonel, je regrette sincèrement de vous avoir ressuscité, mais la sottise que j'ai faite n'est peut-être pas irréparable. À bientôt ! Quant à vous, mademoiselle, je vous aime ! »

Le colonel haussa les épaules et se mit aux genoux de la jeune fille sur le coussin qui gardait encore l'empreinte de Léon. Mlle Virginie Sambucco, attirée par le bruit, descendit comme une avalanche et entendit le discours suivant :

« Idole d'un grand cœur ! Fougas revient à toi comme l'aigle à son aire. J'ai longtemps parcouru le monde à la poursuite d'un rang, d'un or et d'une famille que je brûlais de mettre à tes pieds. La fortune m'a obéi en esclave : elle sait à quelle école j'ai appris l'art de la maîtriser. J'ai traversé Paris et l'Allemagne, comme un météore victorieux que son étoile conduit. On m'a vu de toutes parts traiter d'égal à égal avec les puissances et faire retentir la trompette de la vérité sous les lambris des rois. J'ai mis pied sur gorge à l'avide cupidité et je lui ai repris, du moins en partie, les trésors qu'elle avait dérobés à l'honneur trop confiant. Un seul bien m'est refusé : ce fils que j'espérais revoir échappe aux yeux de lynx de l'amour paternel. Je n'ai pas retrouvé non plus l'antique objet de mes premières tendresses, mais qu'importe ? Rien ne me manquera, si tu me tiens lieu de tout. Qu'attendons-nous encore ? Es-tu sourde à la voix du bonheur qui t'appelle ? Transportons-nous dans l'asile des lois ; tu me suivras ensuite aux pieds des autels ; un prêtre consacrera nos nœuds, et nous traverserons la vie, appuyés l'un sur l'autre, moi semblable au chêne qui soutient la faiblesse, toi pareille au lierre élégant qui orne l'emblème de la vigueur ! »

Clémentine resta quelque temps sans répondre, et comme étourdie par la rhétorique bruyante du colonel. « Monsieur Fougas, lui dit-elle, je vous ai toujours obéi, je promets encore de vous obéir toute ma vie. Si vous ne voulez pas que j'épouse le pauvre Léon, je renoncerai à lui. Je l'aime bien pourtant, et un seul mot de lui jette plus de trouble dans mon cœur que toutes les belles choses que vous m'avez dites.

— Bien ! très-bien ! s'écria la tante. Quant à moi, monsieur, quoique vous ne m'ayez pas fait l'honneur de me consulter, je vous dirai ce que je pense. Ma nièce n'est pas du tout la femme qui vous convient. Fussiez-vous plus riche que M. de Rothschild et plus illustre que le duc de Malakoff, je ne conseillerais pas à Clémentine de se marier avec vous.

— Et pourquoi donc, chaste Minerve ?

— Parce que vous l'aimeriez quinze jours, et au premier coup de canon vous vous sauveriez à la guerre ! Vous l'abandonneriez, monsieur, comme cette infortunée Clémentine dont on nous a conté les malheurs !

— Morbleu ! la tante, je vous conseille de la plaindre ! Trois mois après Leipzig, elle épousait un nommé Langevin, à Nancy.

— Vous dites ?

— Je dis qu'elle épousait un intendant militaire appelé Langevin.

— À Nancy ?

— À Nancy même.

— C'est bizarre !

— C'est indigne !

— Mais cette femme… cette jeune fille… son nom !

— Je vous l'ai dit cent fois : Clémentine !

— Clémentine qui ?

— Clémentine Pichon.

— Ah ! mon Dieu ! mes clefs ! où sont mes clefs ? J'étais bien sûre de les avoir mises dans ma poche ! Clémentine Pichon ! M. Langevin ! C'est impossible ! Ma raison s'égare ! Eh ! mon enfant, remue-toi donc ! Il s'agit du bonheur de toute ta vie ! Où as-tu fourré mes clefs ? Ah les voici ! »

Fougas se pencha à l'oreille de Clémentine et lui dit :

« Est-elle sujette à ces accidents-là ? On dirait que la pauvre demoiselle a perdu la tête ! »

Mais Virginie Sambucco avait déjà ouvert un petit secrétaire en bois de rose. D'un regard infaillible, elle découvrit dans une liasse de papiers une feuille jaunie par le temps.

« C'est bien cela ! dit-elle avec un cri de joie. Marie-Clémentine Pichon, fille légitime d'Auguste Pichon, hôtelier, rue des Merlettes, en cette ville de Nancy ; mariée le 10 juin 1814 à Joseph Langevin, sous-intendant militaire. Est-ce bien elle, monsieur ? Osez dire que ce n'est pas elle !

— Ah ! çà mais, par quel hasard avez-vous mes papiers de famille ?

— Pauvre Clémentine ! Et vous l'accusez de trahison ! Vous ne comprenez donc pas que vous aviez été porté pour mort ! qu'elle se croyait veuve sans avoir été mariée ; que…

— C'est bon ! c'est bon ! Je lui pardonne. Où est-elle ? Je veux la voir, l'embrasser, lui dire…

— Elle est morte, monsieur ! morte après trois mois de mariage,

— Ah ! diable !

— En donnant le jour à une fille…

— Qui est ma fille ! J'aurais mieux aimé un garçon, mais n'importe ! Où est-elle ? Je veux la voir, l'embrasser, lui dire…

— Elle n'est plus, hélas ! Mais je vous conduirai sur sa tombe.

— Mais comment diable la connaissiez-vous ?

— Parce qu'elle avait épousé mon frère !

— Sans mon consentement ? N'importe ! A-t-elle au moins laissé des enfants ?

— Un seul.

— Un fils ! Il est mon petit-fils !

— Une fille.

— N'importe ! Elle est ma petite-fille ! J'aurais mieux aimé un garçon, mais où est-elle ? Je veux la voir, l'embrasser, lui dire…

— Embrassez-la, monsieur. Elle s'appelle Clémentine comme sa grand'mère, et la voici !

— Elle ! Voilà donc le secret de cette ressemblance ! Mais alors je ne peux pas l'épouser ! N'importe ! Clémentine ! dans mes bras ! Embrasse ton grand-père ! »

La pauvre enfant n'avait rien pu comprendre à cette rapide conversation où les événements tombaient comme des tuiles sur la tête du colonel. On lui avait toujours parlé de M. Langevin comme de son grand-père maternel, et maintenant on semblait dire que sa mère était la fille de Fougas. Mais elle sentit aux premiers mots qu'elle ne pouvait plus épouser le colonel et qu'elle serait bientôt mariée à Léon Renault. Ce fut donc par un mouvement de joie et de reconnaissance qu'elle se précipita dans les bras du jeune vieillard.

« Ah ! monsieur, lui dit-elle, je vous ai toujours aimé et respecté comme un aïeul !

— Et moi, ma pauvre enfant, je me suis toujours conduit comme une vieille bête ! Tous les hommes sont des brutes et toutes les femmes sont des anges. Tu as deviné, avec l'instinct délicat de ton sexe, que tu me devais le respect, et moi, sot que je suis ! je n'ai rien deviné du tout ! Sacrebleu ! sans la vénérable tante que voilà, j'aurais fait de belle besogne !

— Non, dit la tante. Vous auriez découvert la vérité en parcourant nos papiers de famille.

— Est-ce que je les aurais seulement regardés ? Dire que je cherchais mes héritiers dans le département de la Meurthe quand j'avais laissé ma famille à Fontainebleau ! Imbécile, va ! Mais n'importe, Clémentine ! Tu seras riche, tu épouseras celui que tu aimes ! Où est-il, ce brave garçon ? Je veux le voir, l'embrasser, lui dire…

— Hélas ! monsieur ; vous l'avez jeté par la fenêtre.

— Moi ? Tiens ! c'est vrai. Je ne m'en souvenais plus. Heureusement il ne s'est pas fait de mal et je cours de ce pas réparer ma sottise. Vous vous marierez quand vous voudrez ; les deux noces se feront ensemble… Mais au fait, non ! Qu'est-ce que je dis ? Je ne me marie plus ! À bientôt, mon enfant, ma chère petite-fille. Mademoiselle Sambucco, vous êtes une brave tante ; embrassez-moi ! »

Il courut à la maison de M. Renault, et Gothon qui le voyait venir descendit pour lui barrer le passage.

« N'êtes-vous pas honteux, lui dit-elle, de vous comporter ainsi avec ceux qui vous ont rendu la vie ? Ah ! si c'était à refaire ! on ne mettrait plus la maison sens dessus dessous pour vos beaux yeux ! Madame pleure, monsieur s'arrache les cheveux, M. Léon vient d'envoyer deux officiers à votre recherche. Qu'est-ce que vous avez encore fait depuis ce matin ? »

Fougas la fit pirouetter sur elle-même et se trouva face à face avec l'ingénieur. Léon avait entendu le bruit d'une querelle ; en voyant le colonel animé, l'œil en feu, il prévit quelque brutale agression et n'attendit pas le premier coup. Une lutte corps à corps s'engagea dans l'allée, au milieu des cris de Gothon, de M. Renault et de la pauvre dame, qui criait à l'assassin ! Léon se débattait, frappait, et lançait de temps à autre un vigoureux coup de poing dans le torse de son ennemi. Il succomba pourtant ; le colonel finit par le renverser sur le sol et le tomber parfaitement, comme on dit à Toulouse. Alors il l'embrassa sur les deux joues et lui dit :

« Ah ! scélérat d'enfant ! je te forcerai bien de m'écouter ! Je suis le grand-père de Clémentine, et je te la donne en mariage, et tu l'épouseras demain si tu veux ! Entends-tu ? Relève-toi maintenant, et ne me donne plus de coups de poing dans l'estomac. Ce serait presque un parricide ! »

Mlle Sambucco et Clémentine arrivèrent au milieu de la stupéfaction générale. Elles complétèrent le récit de Fougas, qui s'embrouillait dans la généalogie. Les témoins de Léon parurent à leur tour. Ils n'avaient pas trouvé l'ennemi à l'hôtel où il était descendu, et s'apprêtaient à rendre compte de leur ambassade. On leur fit voir un tableau de bonheur parfait et Léon les pria d'assister à la noce.

« Amis, leur dit Fougas, vous verrez la nature désabusée bénir les chaînes de l'amour. »

XX

Un coup de foudre dans un ciel pur.

« Mlle Virginie Sambucco a l'honneur de vous faire part du mariage de Mlle Clémentine Sambucco, sa nièce, avec M. Léon Renault, ingénieur civil.

« M. et Mme Renault ont l'honneur de vous faire part du mariage de M. Léon Renault, leur fils, avec Mlle Clémentine Sambucco ;

« Et vous prient d'assister à la bénédiction nuptiale qui leur sera donnée le 16 septembre 1859, en l'église de Saint-Maxence, leur paroisse, à onze heures précises. »

Fougas voulait absolument que son nom figurât sur les lettres de part. On eut toutes les peines du monde à le guérir de cette fantaisie. Mme Renault le sermonna deux grandes heures. Elle lui dit qu'aux yeux de la société, comme aux yeux de la loi, Clémentine était la petite-fille de M. Langevin ; que d'ailleurs M. Langevin s'était conduit très-honorablement lorsqu'il avait légitimé par le mariage une fille qui n'était pas la sienne ; enfin que la publication d'un tel secret de famille serait comme un scandale d'outre-tombe et flétrirait la mémoire de la pauvre Clémentine Pichon. Le colonel répondait avec la chaleur d'un jeune homme et l'obstination d'un vieillard :

« La nature a ses droits ; ils sont antérieurs aux conventions de la société, et mille fois plus augustes. L'honneur de celle que j'appelais mon Églé m'est plus cher que tous les trésors du monde et je fendrais l'âme en quatre au téméraire qui prétendrait la flétrir. En cédant à l'ardeur de mes vœux, elle s'est conformée aux mœurs d'une grande époque où la brièveté de la vie et la permanence de la guerre simplifiaient toutes les formalités. Enfin, je ne veux pas que mes arrière-petits-fils, qui vont naître, ignorent que la source de leur sang est dans les veines de Fougas. Votre Langevin est un intrus qui s'est glissé frauduleusement dans ma famille. Un intendant, c'est presque un rizpainsel ! Je foule aux pieds la cendre de Langevin ! »

L'obstiné ne céda point aux raisons de Mme Renault, mais il se laissa vaincre aux prières de Clémentine. La jeune créole le câlinait avec une grâce irrésistible.

« Mon bon grand-père par-ci, mon joli petit grand-père par-là ; mon vieux baby de grand-père, nous vous remettrons au collége si vous n'êtes pas raisonnable ! »

Elle s'asseyait familièrement sur les genoux de Fougas et lui donnait de petites tapes d'amitié, sur les joues. Le colonel faisait la grosse voix, puis son cœur se fondait de tendresse, et il se mettait à pleurer comme un enfant.

Ces familiarités n'ajoutaient rien au bonheur de Léon Renault ; je crois même qu'elles tempéraient un peu sa joie. Assurément il ne doutait ni de l'amour de sa fiancée ni de la loyauté de Fougas. Il était forcé de convenir qu'entre un grand-père et sa petite-fille, l'intimité est de droit naturel, et ne peut offenser personne. Mais la situation était si nouvelle et si peu ordinaire qu'il lui fallut un peu de temps pour classer ses sentiments et oublier ses chagrins. Ce grand-père, qu'il avait payé cinq cents francs, à qui il avait cassé l'oreille, pour qui il avait acheté un terrain au cimetière de Fontainebleau ; cet ancêtre plus jeune que lui, qu'il avait vu ivre, qu'il avait trouvé plaisant, puis dangereux, puis insupportable ; ce chef vénérable de la famille qui avait commencé par demander la main de Clémentine et fini par jeter dans les héliotropes son futur petit-fils ne pouvait obtenir d'emblée un respect sans mélange et une amitié sans restriction.

M. et Mme Renault prêchaient à leur fils la soumission et la déférence. Ils lui représentaient M. Fougas comme un parent à ménager.

« Quelques jours de patience ! disait la bonne mère, il ne restera pas longtemps avec nous ; c'est un soldat qui ne saurait vivre hors de l'armée, non plus qu'un poisson hors de l'eau. »

Mais les parents de Léon, dans le fond de leur âme, gardaient le souvenir amer de tant de chagrins et d'angoisses. Fougas avait été le fléau de la famille ; les blessures qu'il avait faites ne pouvaient se cicatriser en un jour. Gothon elle-même lui gardait rancune sans le dire. Elle poussait de gros soupirs chez Mlle Sambucco, en travaillant au festin des noces.

« Ah ! mon pauvre Célestin, disait-elle à son acolyte, quel petit scélérat de grand-père nous aurons là ! »

Le seul qui fût parfaitement à son aise était Fougas. Il avait passé l'éponge sur ses fredaines, lui ; il ne gardait aucune rancune à personne de tout le mal qu'il avait fait. Très-paternel avec Clémentine, très-gracieux avec M. et Mme Renault, il témoignait à Léon l'amitié la plus franche et la plus cordiale.

« Mon cher garçon, lui disait-il, je t'ai étudié, je te connais, je t'aime bien ; tu mérites d'être heureux, tu le seras. Tu verras bientôt qu'en m'achetant pour vingt-cinq napoléons tu n'as pas fait une mauvaise affaire. Si la reconnaissance était bannie de l'univers, elle trouverait un dernier refuge dans le cœur de Fougas ! »

Trois jours avant le mariage, maître Bonnivet apprit à la famille que le colonel était venu dans son cabinet pour demander communication du contrat. Il avait à peine jeté les yeux sur le cahier de papier timbré, et crac ! en morceaux dans la cheminée.

« M. le croque-notes, avait-il dit, faites-moi le plaisir de recommencer votre chef-d'œuvre. La petite-fille de Fougas ne se marie pas avec huit mille francs de rente. La nature et l'amitié lui donnent un million, que voici ! »

Là-dessus, il tire de sa poche un bon d'un million sur la Banque, traverse fièrement l'étude en faisant craquer ses bottes, et jette un billet de mille francs sur le pupitre d'un clerc en criant de sa plus belle voix :

« Enfants de la basoche ! voici pour boire à la santé de l'Empereur et de la grande armée ! »

La famille Renault se défendit énergiquement contre cette libéralité. Clémentine, avertie par son futur, eut une longue discussion devant Mlle Sambucco avec le jeune et terrible grand-père ; elle lui remontra qu'il avait vingt-quatre ans, qu'il se marierait un jour, que son bien appartenait à sa future famille.

« Je ne veux pas, dit-elle, que vos enfants m'accusent de les avoir dépouillés. Gardez vos millions pour mes petits oncles et mes petites tantes ! »

Mais, pour le coup, Fougas ne voulut pas rompre d'une semelle.

« Est-ce que tu te moques de moi ? dit-il à Clémentine. Penses-tu que je ferai la sottise de me marier maintenant ? Je ne te promets pas de vivre comme un trappiste, mais, à mon âge et bâti comme je le suis, on trouve à qui parler dans les garnisons, sans épouser personne. Mars n'emprunte pas le flambeau de l'Hyménée pour éclairer les petites promenades de Vénus ! Pourquoi l'homme forme-t-il des nœuds ?... Pour être père. Je le suis au comparatif, et dans un an, si notre brave Léon se conduit en homme, j'attraperai le superlatif. Bisaïeul ! c'est un joli grade pour un troupier de vingt-cinq ans. À quarante-cinq ou cinquante, je serai trisaïeul. À soixante-dix... la langue française n'a plus de mots pour dire ce que je deviendrai ! mais nous en commanderons un à ces bavards de l'Académie ! Crains-tu que je manque de rien dans mes vieux jours ? J'ai ma solde, d'abord, et ma croix d'officier. Dans l'âge des Anchise et des Nestor, j'aurai ma pension de retraite. Ajoutes-y les deux cent cinquante mille francs du roi de Prusse, et tu verras que j'ai, non-seulement le pain, mais le rata jusqu'au terme de ma carrière. Plus, une concession à perpétuité que ton mari a payée d'avance dans le cimetière de Fontainebleau. Avec cela, et des goûts simples, on est sûr de ne pas manger son fonds ! »

Bon gré, mal gré, il fallut en passer par tout ce qu'il voulut et accepter son million. Cet acte de générosité fit grand bruit dans la ville, et le nom de Fougas, déjà célèbre à tant de titres, en acquit un nouveau prestige.

Tout Fontainebleau voulut assister au mariage de Clémentine. On y vint de Paris. Les témoins de la mariée étaient le maréchal duc de Solferino et l'illustre Karl Nibor, élu depuis quelques jours à l'Académie des sciences. Léon s'en tint modestement aux vieux amis qu'il avait choisis dans le principe, M. Audret, l'architecte, et M. Bonnivet, le notaire.

Le maire revêtit son écharpe neuve. Le curé adressa aux jeunes époux une allocution touchante sur l'inépuisable bonté de la Providence qui fait encore un miracle de temps à autre en faveur des vrais chrétiens. Fougas, qui n'avait pas rempli ses devoirs religieux depuis 1801, trempa deux mouchoirs de ses larmes.

« On perd de vue ceux qu'on estime le plus, disait-il en sortant de l'église, mais Dieu et moi nous sommes faits pour nous entendre ! Après tout, qu'est-ce que Dieu ? Un Napoléon un peu plus universel ! »

Un festin pantagruélique présidé par Mlle Virginie Sambucco en robe de soie puce, suivit de près la cérémonie. Vingt-quatre personnes assistaient à cette fête de famille, entre autres le nouveau colonel du 23e et M. du Marnet, à peu près guéri de sa blessure.

Fougas leva sa serviette avec une certaine anxiété. Il espérait que le maréchal lui aurait apporté son brevet de général de brigade. Sa figure mobile trahit un vif désappointement en présence de l'assiette vide.

Le duc de Solferino, qui venait de s'asseoir à la place d'honneur, aperçut ce jeu de physionomie et dit tout haut :

« Ne t'impatiente pas, mon vieux camarade ! Je sais ce qui te manque ; il n'a pas tenu à moi que la fête ne fût complète. Le ministre de la guerre était absent lorsque j'ai passé chez lui. On m'a dit dans les bureaux que ton affaire était accrochée par une question de forme, mais que tu recevrais dans les vingt-quatre heures une lettre du cabinet.

— Le diable soit des plumitifs ! s'écria Fougas. Ils ont tout, depuis mon acte de naissance jusqu'à la copie de mon brevet de colonel. Tu verras qu'il leur manque un certificat de vaccine ou quelque paperasse de six liards !

— Eh ! patience, jeune homme ! Tu as le temps d'attendre. Ce n'est pas comme moi : sans la campagne d'Italie qui m'a permis d'attraper le bâton, ils me fendaient l'oreille comme à un cheval de réforme, sous le futile prétexte que j'avais soixante-cinq ans. Tu n'en as pas vingt-cinq, et tu vas passer général de brigade : l'Empereur te l'a promis devant moi. Dans quatre ou cinq ans d'ici, tu auras les étoiles d'or, à moins que le guignon ne s'en mêle. Après quoi, il ne te faudra plus qu'un commandement en chef et une campagne heureuse pour passer maréchal de France et sénateur, ce qui ne gâte rien.

— Oui, répondit Fougas, j'arriverai. Non-seulement parce que je suis le plus jeune de tous les officiers de mon grade, parce que j'ai fait la grande guerre et suivi les leçons du maître dans les champs de Bellone, mais surtout parce que le destin m'a marqué de son empreinte. Pourquoi les boulets m'ont-ils épargné dans plus de vingt batailles ? Pourquoi ai-je traversé des océans de bronze et de fer sans que ma peau reçût une égratignure ? C'est que j'ai une étoile, comme lui. La sienne était plus grande, c'est sûr, mais elle est allée s'éteindre à Sainte-Hélène, et la mienne brille encore au ciel ! Si le docteur Nibor m'a ressuscité avec quelques gouttes d'eau chaude, c'est que ma destinée n'était pas encore accomplie. Si la volonté du peuple français a rétabli le trône impérial, c'est pour fournir une série d'occasions à mon courage dans la conquête de l'Europe que nous allons recommencer ! Vive l'Empereur et moi ! Je serai duc ou prince avant dix ans, et même… pourquoi pas ? on tâchera d'être présent à l'appel le jour de la distribution des couronnes ! En ce cas, j'adopte le fils aîné de Clémentine : nous l'appelons Pierre-Victor II, et il me succède sur le trône comme Louis XV à son bisaïeul Louis XIV ! »

Comme il achevait cette tirade, un gendarme entra dans la salle à manger, demanda M. le colonel Fougas et lui remit un pli du ministère de la guerre.

« Parbleu ! s'écria le maréchal, il serait plaisant que ta promotion arrivât au bout d'un pareil discours. C'est pour le coup que nous nous prosternerions devant ton étoile ! Les rois mages ne seraient que de la Saint-Jean, auprès de nous.

— Lis toi-même, dit-il au maréchal, en lui tendant la grande feuille de papier. Ou plutôt, non ! J'ai toujours regardé la mort en face ; je ne détournerai pas mes yeux de ce tonnerre de chiffon, qui me tue.

« Monsieur le colonel, en préparant le décret impérial qui vous élevait au grade de général de brigade, je me suis trouvé en présence d'un obstacle insurmontable qui est votre acte de naissance. Il résulte de cette pièce que vous êtes né en 1789, et que vous avez aujourd'hui soixante-dix ans accomplis. Or la limite d'age étant fixée à soixante ans pour les colonels, à soixante-deux pour les généraux de brigade et à soixante-cinq pour les divisionnaires, je me vois dans l'absolue nécessité de vous porter au cadre de réserve avec le grade de colonel. Je sais, monsieur, combien cette mesure est peu justifiée pour votre âge apparent et je regrette sincèrement que la France soit privée des services d'un homme de votre vigueur et de votre mérite. Il est d'ailleurs certain qu'une exception en votre faveur ne provoquerait aucune réclamation dans l'armée et n'exciterait que des sympathies. Mais la loi est formelle et l'Empereur lui-même ne peut la violer ni l'éluder. L'impossibilité qui en résulte est tellement absolue, que si, dans votre ardeur de servir le pays, vous consentiez à rendre vos épaulettes pour recommencer une nouvelle carrière, votre engagement ne pourrait être reçu dans aucun des régiments de l'armée. Il est heureux, monsieur, que le gouvernement de l'Empereur ait pu vous fournir des moyens d'existence en obtenant de S. A. R. le régent de Prusse, l'indemnité qui vous était due ; car il n'y a pas non plus d'administration civile où l'on puisse faire entrer, même par faveur, un homme de soixante-dix ans. Vous objecterez très-justement que les lois et les réglemente datent d'une époque où les expériences sur la révivifaction des hommes n'avaient pas encore donné des résultats favorables. Mais la loi est faite pour la généralité et ne doit pas tenir compte des exceptions. On verrait sans doute à la modifier si les cas de résurrection se présentaient en certain nombre.

« Agréez, etc. »

Un morne silence accueillit cette lecture. Le Mane, Thécel Pharès des légendes orientales ne produisit pas un effet plus foudroyant. Le gendarme était toujours là, debout, dans la position du soldat sans armes, attendant le récépissé de Fougas. Le colonel demanda une plume et de l'encre, signa le papier, le rendit, donna pour boire au gendarme, et lui dit avec une émotion contenue :

« Tu es heureux, toi ! on ne te défend pas de servir ton pays ! Eh bien ! reprit-il en s'adressant au maréchal, qu'est-ce que tu dis de ça ?

— Que veux-tu que j'en dise, mon pauvre vieux ; cela me casse bras et jambes. Il n'y a pas à discuter contre la loi ; elle est formelle. Ce qui est bête à nous, c'est de n'y avoir pas songé plus tôt. Mais qui diable, en présence d'un gaillard comme toi, aurait pensé à l'âge de la retraite ? »

Les deux colonels avouèrent que cette objection ne leur était pas venue à l'esprit ; mais, une fois qu'on l'avait soulevée, ils ne voyaient rien à répondre. Ni l'un ni l'autre n'auraient pu engager Fougas comme simple soldat, malgré sa capacité, sa force physique et sa tournure de vingt-quatre ans.

« Mais alors, s'écria Fougas, qu'on me tue ! Je ne peux pas mettre à peser du sucre ou à planter des choux ! C'est dans la carrière des armes que j'ai fait mes premiers pas, il faut que j'y reste ou que je meure. Que faire ? que devenir ? Prendre du service à l'étranger ? Jamais ! Le destin de Moreau est encore présent à mes à yeux… Ô fortune ! que t'ai-je fait pour être précipité si bas lorsque tu te préparais à m'élever si haut ? »

Clémentine essaya de le consoler par de bonnes paroles.

« Vous resterez auprès de nous, lui dit-elle ; nous vous trouverons une jolie petite femme, vous élèverez vos enfants. À vos moments perdus, vous écrirez l'histoire des grandes choses que vous avez faites. Rien ne vous manque : jeunesse, santé, fortune, famille, tout ce qui fait le bonheur des hommes, est à vous ; pourquoi donc ne seriez-vous pas heureux ? »

Léon et ses parents lui tinrent le même langage. On oubliait tout en présence d'une douleur si vraie et d'un abattement si profond.

Il se releva petit à petit et chanta même au dessert une chanson qu'il avait préparée pour la circonstance.

90

90

On applaudit beaucoup cette poésie arriérée, mais le pauvre colonel souriait tristement, parlait peu, et ne se grisait pas du tout. L'homme à l'oreille cassée ne se consolait point d'avoir l'oreille fendue. Il prit part aux divertissements de la journée, mais ce n'était plus le brillant compagnon qui animait tout de sa mâle gaieté.

Le maréchal le prit à part dans la soirée, et lui dit : « À quoi penses-tu ?

— Je pense aux vieux qui ont eu le bonheur de tomber à Waterloo, la face tournée vers l'ennemi. Le vieil imbécile d'Allemand qui m'a confit pour la postérité m'a rendu un fichu service. Vois-tu Leblanc, un homme doit vivre avec son époque. Plus tard, c'est trop tard.

— Ah çà, Fougas, pas de bêtises ! Il n'y a rien de désespéré que diable ! J'irai demain chez l'Empereur ; on verra, on cherchera ; des hommes comme toi, la France n'en a pas à la douzaine pour les jeter au linge sale.

— Merci. Tu es un bon, un vieux, un vrai ! Nous étions cinq cent mille dans ton genre, en 1812 ; il n'en reste plus que deux, ou pour mieux dire un et demi. »

Vers dix heures du soir, M. Rollon, M. du Marnet et Fougas reconduisirent le maréchal au chemin de fer. Fougas embrassa son camarade et lui promit d'être sage. Le train parti, les trois colonels revinrent à pied jusqu'à la ville. En passant devant la maison de M. Rollon, Fougas dit à son successeur :

« Vous n'êtes guère hospitalier aujourd'hui ; vous ne nous offrez pas un petit verre de cette fine eau-de-vie d'Andaye !

— Je pensais que vous n'étiez pas en train de boire, dit M. Rollon. Vous n'avez rien pris dans votre café, ni après. Mais montons !

— La soif m'est revenue au grand air.

— C'est bon signe. »

Il trinqua mélancoliquement et mouilla à peine ses lèvres dans son verre. Mais il s'arrêta quelque temps auprès du drapeau, mania la hampe, développa la soie, compta les trous que les balles et les boulets avaient laissés dans l'étoffe, et ne répandit pas une larme. « Décidément, dit-il, l'eau-de-vie me prend à la gorge ; je ne suis pas un homme aujourd'hui. Bonsoir, messieurs !

— Attendez ! nous allons vous reconduire.

— Oh ! mon hôtel est à deux pas.

— C'est égal. Mais quelle idée avez-vous eue de rester à l'hôtel, quand vous avez ici deux maisons à votre service ?

— Aussi, je déménage demain matin. »

Le lendemain matin, vers onze heures, l'heureux Léon était à sa toilette lorsqu'on lui apporta une dépêche télégraphique. Il l'ouvrit sans voir qu'elle était adressée à M. Fougas, et il poussa un cri de joie. Voici le texte laconique qui lui apportait une si douce émotion :

« À monsieur colonel Fougas, Fontainebleau.

« Je sors cabinet Empereur. Tu général brigade au titre étranger en attendant mieux. Plus tard corps législatif modifiera loi. Leblanc. »

Léon s'habilla à la hâte, courut à l'hôtel du Cadran-Bleu, monta chez le colonel, et le trouva mort dans son lit.

On raconta dans Fontainebleau que M. Nibor avait fait l'autopsie et constaté des désordres graves causés par la dessiccation. Quelques personnes assurèrent que Fougas s'était suicidé. Il est certain que maître Bonnivet reçut par la petite poste une sorte de testament ainsi conçu :

« Je lègue mon cœur à la patrie, mon souvenir à la nature, mon exemple à l'armée, ma haine à la perfide Albion, mille écus à Gothon, et deux cent mille francs au 23e de ligne. Vive l'Empereur, quand même !

« Fougas. »

Ressuscité le 17 août, entre trois et quatre heures de relevée, il mourut le 17 du mois suivant, sans appel. Sa seconde vie avait duré un peu moins de trente et un jours. Mais il employa bien son temps ; c'est une justice à lui rendre. Il repose dans le terrain que le fils de M. Renault avait acheté à son intention. Sa petite-fille Clémentine a quitté le deuil depuis tantôt une année. Elle est aimée, elle est heureuse, et Léon n'aura rien à se reprocher si elle n'a pas beaucoup d'enfants.